無敵名

무적명

10

백준 신무협 장편소설

ORIENTAL FANTASYSTORY & ADVENTURE

dream
books
드림북스

무적명 10 (완결)

초판 1쇄 인쇄 / 2012년 8월 30일
초판 1쇄 발행 / 2012년 9월 10일

지은이 / 백준

발행인 / 오영배
편집팀장 / 권용범
책임편집 / 편집부
펴낸 곳 / (주)삼양출판사 · 드림북스

주소 / 서울특별시 강북구 송천동 322-10호
대표 전화 / 02-980-2112 팩스 / 02-983-0660
편집부 전화 / 02-980-2116 팩스 / 02-983-8201
블로그 / blog.naver.com/dreambookss

등록번호 / 제9-00046호
등록일자 / 1999년 3월 11일

ISBN 978-89-542-4748-1 (04810) / 978-89-542-4303-2 (세트)

無敵名

무적명

10

백준 신무협 장편소설

ORIENTAL FANTASYSTORY & ADVENTURE

dream books
드림북스

無敵名

무적명

목차

제1장
강물 위에서

장강을 건너 강남의 남궁세가까지 장권호의 소문은 그 어
떤 바람에 비해 빠르게 날아왔다. 그럴 수밖에 없는 것이 남
궁세가가 장권호의 다음 목적지였으며 그 사실을 누구보다
빨리 알아야 했기 때문이다.

포양호의 물소리가 찰랑거리는 호변에 물장구를 치며 놀
고 있는 소년이 한 명 있었다. 소년은 아직 십 세가 안 되어
보였고 해맑은 웃음과 눈빛이 인상적인 소년이었다.

"할아버지!"

소년이 멱을 감다 일어나 호변에 앉아 쉬고 있는 노인을
향해 손을 들었다. 노인은 소년의 외침에 기분이 좋은지 얼굴
에 주름을 그리며 따뜻하게 웃었다.

"왜 그러느냐, 연아?"

"이거 보세요. 조개예요."

소년이 손에 자기 주먹만 한 조개를 들고 달려 나오자 노인이 일어섰다.

"조심하거라, 연아. 그러다 엎어지면 다칠라."

"하하하하!"

소년은 크게 웃으며 달려와 노인의 곁에 서더니 조개를 보여 주었다.

"방금 잡았어요."

"조개로구나."

노인이 아미를 살짝 찌푸리며 수염을 쓰다듬었다. 그는 소년에게 시선을 던졌다.

"이걸 구워 먹으려는 거냐?"

"이걸 먹게요? 안 돼요. 일단 어머니께 보여 주고 먹을게요."

"하하하하! 그렇게 먹으나 이렇게 먹으나 어차피 똑같지. 이 할아비는 지금 먹고 싶은데 꼭 어미에게 말하고 먹어야 되겠니?"

"음……."

노인의 말에 소년은 한참 동안 고민하는 표정을 보였다. 그러자 노인이 손을 내밀며 말했다.

"연아, 이건 노파산수(路波散手)의 유홍선일(俞泓先日)이다.

잘 보거라."

말이 끝나자 노인의 오른손이 앞으로 나가며 두세 개의 그림자를 만들었다. 소년의 눈에 잘 보이게 하려는지 손의 잔상이 똑똑히 소년의 눈앞에 나타났다.

"따라해 보거라."

소년은 그 모습을 보고 오른손을 내밀어 움직였다. 그러자 바람 소리와 함께 세 개의 손그림자가 나타났다.

어설프긴 하지만 분명 노인이 펼친 유홍선일의 모습과 흡사했다.

그 모습에 노인은 만족한 듯 미소를 보였다.

"앗!"

소년이 순간 자신의 손에 조개가 없다는 것에 놀라 눈을 크게 떴다. 그때 노인이 어느새 뜨겁게 달구어진 조갯살을 입에 털어 넣고 있었다.

소년에게 초식 하나를 가르쳐 주고 그걸 따라 하게 시킨 다음에 소년의 손에 들린 조개를 소리 없이 뺏은 것이다.

"쩝쩝!"

"할아버지!"

소년이 크게 소리쳤다.

노인은 크게 웃으며 소년의 어깨를 두드렸다.

"집에 가자. 어미가 밥을 차려 놨을 거다."

"할아버지 미워요!"

소년이 소리치며 먼저 앞으로 달려 나가자 그 뒤로 천천히 노인이 따라 걸었다.

포양호의 호수를 바라보는 작은 촌락 사이로 뭉게구름이 지나가고 있었다. 그 속에 소년이 달려간 집은 호변에서도 가까운 담장이 있는 작은 집이었다.

마당에 빨래를 널던 소년의 어머니는 삼십 대 초반으로 보이는 인물로 허름한 옷차림이지만 미인이었다. 그리고 안에서 장작을 패다 나온 사람은 삼십 대 중반의 인물이었다.

웃으며 소년을 맞이하던 두 사람은 곧 노인이 들어오자 얼른 인사했다.

"오셨어요."

"다녀오셨습니까?"

"그래."

노인은 두 사람의 인사에 미소를 보이며 방 안으로 들어갔다.

얼마 지나지 않아 식탁에 모여 앉은 네 사람은 즐거운 표정으로 식사를 하고 있었다. 화려한 식탁은 아니었지만 그저 네 사람이 함께 있는 모습이 정겹고 보기 좋았다.

젓가락을 움직이던 삼십 대 중반의 장년인이 노인을 향해 입을 열었다.

"아버님."

"왜?"

노인이 젓가락을 움직이다 장년인의 물음에 시선을 던지자 장년인이 다시 말했다.

"며칠 후면 어머니의 제사인데 세가에 안 가보셔도 되겠습니까?"

"벌써 그렇게 되었나?"

"예."

장년인의 대답에 노인은 미간을 찌푸리다 고개를 끄덕이며 젓가락을 다시 움직였다.

"때가 되면 알아서 오겠지. 그때 가도 늦지 않아. 어차피 세가도 가까이에 있지 않느냐?"

"세가에 가는 거예요?"

연이 눈을 크게 뜨고 묻자 노인이 그런 연의 머리를 쓰다듬으며 말했다.

"그래. 우리 연이도 같이 가야지."

"정말이요? 저도 가도 돼요? 헤헤."

연은 세가라는 말에 상당히 즐거워 보였다. 그 모습에 장년인은 담담히 미소를 보였고 그의 부인도 미소를 보였다.

노인이 다시 말했다.

"그럼, 우리 연이도 당연히 와야지. 할머니의 제사인데 안 오면 되겠느냐?"

"맞아요. 꼭 가야죠."

연의 대답에 노인은 다시 한 번 그의 머리를 쓰다듬었다.

그에게는 아무리 보고 또 봐도 보고 싶고 만지고 싶은 손자였다. 무엇보다 연은 자신의 모습과 너무도 흡사하게 생긴 손자였기에 더욱더 아꼈다.

그때 문밖에서 말발굽 소리가 들려왔다.

두두두두!

말발굽 소리가 담장 너머에서 멈추자 모두의 시선이 문밖으로 향했다. 곧 말 울음소리와 함께 급하게 들어오는 청년이 있었다. 그는 잘생긴 외모에 남다른 눈빛을 가진 청년이었다.

"손자 정이 할아버님을 뵙습니다."

그는 남궁세가주의 차남 남궁정이었다. 남궁정은 곧 노인에게서 시선을 돌려 두 장년인들을 바라보며 허리를 숙였다.

"정이 숙부님과 숙모님도 뵙습니다. 그동안 강녕하셨습니까?"

"잘 지냈지."

"형!"

연이 일어나 남궁정에게 달려갔다. 남궁정은 자신의 품에 달려오는 남궁연의 모습에 활짝 웃으며 그를 끌어안아 들었다.

"아이쿠! 우리 연이! 그동안 잘 지냈어? 이 형은 안 보고 싶었느냐?"

"보고 싶었어."

연이 매달리자 남궁정은 웃으며 그를 엎었다.

"이런, 못 본 사이에 벌써 이렇게 무겁게 자랐구나, 하하하!"

남궁정이 크게 웃으며 기뻐하는 모습을 세 사람은 즐겁게 바라보았다.

남궁정이야 원래 정이 많고 식구들에게 잘해 주는 성격이었기에 그를 싫어하는 사람은 없었다.

"그래, 무슨 일로 이렇게 저녁 시간에 왔느냐?"

"아! 사실은 아버님께서 모두 모셔 오라 하셨습니다."

"그래? 늙은 나까지 오라고 하다니, 이런 쯧쯧! 급한 일이라도 있는 모양이구나?"

노인의 말에 남궁정은 공손히 대답했다.

"예. 요즘 강호를 뜨겁게 달구고 있는 장권호가 아버님과의 비무를 청하였습니다. 그 일 때문에 지금 강호가 시끄럽습니다."

남궁정의 말에 모두들 놀란 표정을 보였다.

"저도 장권호라는 사람의 소문을 들었는데 그자가 설마 형님에게 비무를 청하다니……."

남궁세가주인 남궁호성의 막냇동생이자 노인의 셋째 아들인 남궁위가 자신도 장권호를 알고 있다 말하며 놀라워하자 옆에 있던 그의 부인 소령도 고개를 끄덕였다. 그녀도 저잣거리에서 들은 장권호의 이름을 기억하기 때문이다.

둘은 무공에 크게 관심도 없고 강호의 일에도 흥미가 없기 때문에 강호의 일은 거의 모르고 있는 사람들이었다.

전대의 남궁세가주이자 과거에 무천자와 함께 천하제일검의 자리를 놓고 다투던 남궁휘는 수염을 쓰다듬으며 눈을 반짝였다. 흥미로운 사건이기 때문이다.

그는 은퇴 전 과거 무적명을 제외하고 무천자와 함께 쌍신(雙神)으로 불리던 절대고수였다. 그런 그도 장권호와 남궁호성의 비무에는 흥미가 동했다.

"장백파의 무공이라……."

남궁휘는 가만히 중얼거리며 장백파의 무공을 떠올렸다.

"아버님."

남궁위가 부르자 상념에서 깨어난 그는 곧 자리에서 일어섰다.

"그래, 출발하자. 너희들도 짐을 챙기고 나오너라."

"예."

남궁위는 대답과 함께 소령과 안으로 들어가 간단하게 짐을 챙기기 시작했다.

"연은 나와 함께 말을 타고 가자. 그게 좋겠지?"

"좋아요! 형 최고!"

남궁연이 큰 소리로 외치며 밖으로 달려 나가자 남궁정도 따라 나갔다. 문밖에는 사두마차 한 대가 서 있었고 호위무사들도 십여 명이나 말과 함께 대기하고 있었다.

남궁연은 남궁정과 함께 말 위에 올라탔고 곧 남궁휘가 나오더니 마차에 올라탔다. 남궁위와 소령도 짐을 들고 나와 마차에 오르자 남궁정이 출발을 알렸고 그들은 남궁세가로 향했다.

남궁가의 직계 십여 명의 가족들만이 커다란 내실에 모여 앉아 있었다. 남궁가의 사람들만이 들어올 수 있는 이곳은 일을 하는 사람들을 제외하곤 모두 남궁가의 사람들이었다.

가장 상석에는 남궁휘와 남궁호성이 나란히 앉아 있었으며 그들 주변으로 식구들이 앉아 있었다.

"밖에서의 생활은 어떠하냐?"

"잘 지내고 있어요."

남궁호성이 옆에 앉은 남궁위에게 물었고 남궁위는 미소로 답했다. 집을 나가 분가한 남궁위가 늘 걱정인 남궁호성이었다. 몇 번 집으로 들어오란 말을 했었지만 남궁위는 늘 거절했었다.

남궁호성은 고개를 끄덕이며 모여 앉은 식구들을 둘러보며 말했다.

"모두 들어서 알고 있겠지만 장권호가 신창 곡필과의 비무를 마치고 이곳 남궁세가로 오고 있다."

"음……"

여기저기서 침음성이 흘러나왔다. 이야기를 듣기는 했지만 사실이 아닐지도 모른다고 여기고 있었다. 하지만 남궁호성의 입에서 나온 이상은 그것은 사실이었고 장권호는 남궁세가로 올 것이다.

"그가 이곳에 오는 목적은 나와의 비무 때문이다. 나는 그와 당연히 싸울 것이고 이길 생각이다."

남궁호성의 말에 아무도 입을 열지 않았다. 단단한 그의 의지가 보이는 목소리였기 때문이다. 자신의 의지를 말하기 위해 가족들을 불러 모은 그였다.

남궁철이 조용히 입을 열었다.

"장권호는 만만한 상대가 아니라서 많이 걱정됩니다."

"오히려 그래서 마음에 드는 상대가 아니냐? 긴장도 되고 좋은 것 같구나."

남궁호성은 남궁철의 걱정스러운 말에 오히려 즐겁다는 듯 대답했다. 그 모습에 조용히 앉아 있던 남궁휘가 입을 열었다.

"장백파의 무공은 초식은 단순하지만 그 속에 담긴 내력이 복잡하고 여러 갈래로 나뉘는 무공들이다. 같은 초식을 펼쳐도 어떤 내력을 담고 펼치느냐에 따라 정도의 차이도 큰 편이다."

남궁호성이 그 말에 고개를 끄덕였다.

남궁휘가 다시 말했다.

"장백파의 무공이 강호에 잘 알려지지 않은 이유도 그 때문이다. 초식적으로 크게 어렵거나 두려움을 줄 만큼 대단하게는 보이지 않지만 그 속에 담긴 내력은 상상을 초월한다. 그 점을 유의해야 할 게야."

"알겠습니다, 아버님."

남궁호성이 굳은 표정으로 대답했다. 남궁호성은 곧 식구들을 둘러보다 시선을 남궁철에게 던졌다.

"나는 곧 수련동에 들어갈 생각이다. 너는 그동안 세가의 일을 잘 이끌어 주길 바란다. 그리고 장권호가 오면 비무 시기는 한 달 뒤로 하거라. 여름이겠구나."

남궁호성의 말에 남궁휘가 고개를 끄덕이며 수염을 쓰다듬었다.

"여름이라…… 뜨거운 열기와 자양신공의 기운이 아주 잘 어울리는 계절이 되겠구나."

남궁휘의 말에 남궁호성이 미소를 보였다.

"예, 잘 어울릴 시기지요."

남궁연의 손을 잡고 나온 남궁정은 남궁령과 함께 정원을 걷고 있었다. 식구들만이 들어올 수 있는 후원 안쪽의 정원이었기에 그들을 제외하고는 그 누구도 없었다.

"명 오라버니와 함께 온다고 들었는데 언제쯤 올까요?"

"이제 장강을 건넌다고 하니 조만간 모습을 보이겠지. 적정되니?"

남궁정의 물음에 남궁령은 고개를 저었다.

"걱정이 되는 것보다 감히 아버님께 도전을 한 장 소협이 마음에 안 들어서요."

"전에는 좋다고 하는 것 같더니 그새 마음이 바뀌었구나."

남궁정의 말에 남궁령이 순간적으로 눈을 크게 뜨고 반짝였다.

"무슨 소리예요? 제가 장 소협을 좋아하기라도 한 것처럼 말하지 말아 주세요. 그런 일은 없었으니까요."

남궁령이 정색하자 남궁정은 가볍게 미소를 보였다.

"령 누나가 누구 좋아해요?"

"그래, 령이가 장 소협을 좋아한다는구나."

"아이, 참! 이상한 소리 좀 하지 말라니까요. 그러다가 아버님 귀에 들어가면 어쩌려고 그러세요?"

남궁령이 경을 치듯 큰 목소리로 말하자 남궁정이 웃었다. 남궁연은 남궁령의 손을 잡으며 말했다.

"누나가 드디어 시집가는 거야?"

"그런 소리 하면 맞을 줄 알아."

남궁령의 목소리에 남궁연은 다시 남궁정의 손을 잡으며 몸을 피했다.

"그나저나 대단하네요. 그 신창 곡 선배님을 이기다니 말이에요. 할아버님과 함께 강호를 주름잡던 분이셨는데……."

"나도 예상치 못한 일이었어. 설마 그렇게 될 줄이야……
더욱 놀란 것은 다음에 올 곳이 여기라는 점이다."

남궁정은 심각한 표정으로 말을 한 후 다시 말했다.

"그래도 내심 기쁘구나."

"예? 왜요? 장 소협이 오는 게 즐겁다는 건가요?"

남궁령이 아미를 찌푸리며 묻자 남궁정은 고개를 끄덕였
다.

"다른 세가도 아닌 우리 남궁세가로 온다는 것은 그만큼
우리를 인정한다는 뜻이 아니겠느냐? 그자가 싸운 자들은
모두 강호를 주름잡는 인물들이다. 그만큼 인정을 받고 있
는 인물들이었지. 그의 상대는 모두 강호제일이라 불려도 손
색이 없는 인물들이었다. 우리 아버님도 그런 인물로 평가된
것이 아니겠느냐?"

"그렇게 따지면 또 그렇게 보이기도 하네요. 하지만 지금의
장 소협은 두려워요. 그 누구도 막지 못할 존재로 다가오니
까요."

"너무 걱정하지 말거라. 아버님은 이길 테니 말이야."

남궁정의 말에 남궁령은 고개를 끄덕였다.

지금까지 살면서 단 한 번도 남궁호성이 누군가에 패할 거
라 생각해 본 적이 없었고 그런 일도 없을 거라 여겼다. 그것
은 하나의 믿음이었다.

       *   *   *

무한의 중심부에 자리 잡은 주루의 입구에는 수많은 사람들로 붐비고 있었다. 그들은 주루를 오가는 손님들이 아닌 주루의 입구에서 안을 구경하는 구경꾼들이었다.

개중에는 무림인으로 보이는 무기를 소지한 사람들도 보였으며 노인들도 있었고 어린 소년 소녀들도 있었다. 그들은 무엇이 그리 궁금한지 안을 쳐다보며 웅성거리고 있었다.

주루의 중앙에 앉은 삼인은 장권호와 남궁명, 그리고 서영아였다. 주루의 중앙에는 그들 셋만 앉아 있었고 그 외의 자리에는 사람이 없었다.

마치 그들이 전세를 낸 것 같은 모습의 주루 안이었다.

"우리가 무슨 우리에 갇힌 원숭이가 된 기분이군요."

서영아가 못마땅한 시선으로 밖을 흘깃 보면서 말하자 남궁명도 고개를 끄덕였다. 그도 이런 상황은 그리 즐겁지 않았기 때문이다.

"이게 다 장 형 때문이오. 장 형이 너무 유명하니 사람들이 몰리는 것이 아니오?"

"그렇게 되는 건가? 나도 꽤 유명한 모양이네."

장권호가 담담한 목소리로 말하자 남궁명은 젓가락을 내려놓으며 차를 마셨다. 이런 분위기에서 제대로 식사가 될 리 없었기 때문이다.

"그건 그렇고 장 형도 이제 얼굴이 많이 알려진 모양이오. 어딜 가더라도 사람들이 따르니 말이오."

"그건 자연스러운 거라고 생각해요."

서영아가 미소를 보이며 눈을 반짝였다. 남궁명은 서영아의 모습에 입을 열려다 다시 닫았다. 며칠 함께 행동하고 있지만 여전히 서영아는 가까이 대할 수 없는 인물이었기 때문이다. 그녀가 얼마나 잔인하고 빠른 검을 구사하는지 그는 잘 알고 있었다.

개인적으로 장권호보다 오히려 서영아가 실제로 싸우게 된다면 더욱 상대하기 까다롭다고 생각했다. 그렇기 때문에 여전히 어느 정도 거리를 두고 있었다.

그런 마음을 아는지 모르는지 서영아는 다시 말했다.

"조용했던 강호에 신선한 바람이 불고 있으니까요. 그것도 보통의 무림인들이 대결하는 것이 아니라 천하를 논하는 사람들이 대결을 펼치고 있으니까요."

서영아의 말에 남궁명은 대답 없이 고개를 끄덕였다.

방 안은 작은 창을 통해 들어오는 빛이 전부였고 그 빛에 사람들의 모습을 볼 수 있었다. 방 안엔 이남 이녀(二男二女)가 앉아 있었다. 그들은 아무런 대화도 없이 가끔씩 흔들리는 방 안의 흔들림에 몸을 맡기고 있었다.

두 여자는 한눈에 들어올 정도로 빼어난 미모의 여성들이었고 어딘지 모르게 닮은 구석도 있어 보였다. 두 남자는 한 명은 아직 젊은 청년이었고 다른 한 명은 삼십 대 후반으로 보이는 장년인이었다.

똑똑.

문을 두드리는 소리에 가장 좌측에 앉은 여성이 입을 열었다.

"들어와."

그녀의 목소리에 문을 열고 들어온 인부 같은 청년은 앞으로 다가와 부복하며 고개를 숙였다.

"보고합니다. 그들이 배에 올라탔다고 합니다."

"좋군."

조용히 침묵하던 장년인이 한쪽 입술을 올리며 미소 지었다. 수하의 보고가 상당히 마음에 드는 듯 보였다.

"그런데 문제가 있습니다."

"무슨 문제지?"

같은 여성이 묻자 부복한 인부가 재빨리 대답했다.

"예상치 못한 인물이 함께 배에 올라탔습니다."

"그래? 예상치 못한 인물이 누군데?"

"남궁명입니다."

수하의 말에 모두들 안색을 찌푸렸다. 남궁명이란 인물이 대단해서가 아니라 남궁세가의 자식이기 때문에 그런 것이다.

"남궁세가까지 함께 갈 모양입니다. 어찌해야 할까요?"

"계획대로 해."

"예."

인상을 찌푸리던 여성은 같은 표정으로 대답했다. 그녀의 대답에 수하는 자리에서 일어나 밖으로 나갔다.

그가 나간 뒤 얼마 지나지 않아 방 안은 몇 번 흔들리더니 조금씩 움직이는 것처럼 느껴졌다.

무림의 역사와 함께 시작되고 움직이던 장강은 오랜 시간이 흘렀음에도 불구하고 여전히 그 모습을 유지하고 있었다. 변화되는 것은 도시와 사람이었지 장강과 같은 자연은 아니었다.

배의 선미에 모습을 보인 두 미녀는 저 멀리서 다가오는 커다란 배를 바라보고 있었다. 둘은 서로 어딘지 모르게 닮았으며 살기가 가득한 눈빛을 던지고 있었다.

"장권호를 죽이면 우린 영웅이 될까요? 아니면 나쁜 악녀가 되는 것일까요?"

추소령이 조용한 목소리로 말하자 옆에 서 있던 추소려가 난간을 잡으며 미소를 보였다.

"쓸데없는 질문이야."

추소려는 말을 한 후 잠시 뜸을 들인 뒤 다시 말했다.

"우린 복수를 했을 뿐이니까. 강호의 일에 크게 신경 쓸 필요도 없어. 장권호가 누구와 비무를 하고 어떤 명성을 얻었다 해도 우리에게 그는 단순한 복수의 대상일 뿐이니까."

추소려의 말에 추소령은 그게 사실이기 때문에 고개를 끄덕였다. 추소령은 막상 장권호가 눈앞에서 다가온다고 생각되자 마음 한구석에 불안감도 다가왔다. 그의 무공은 분명 두려움을 주기에 충분할 만큼 대단했기 때문이다.

"과연 우리가 장권호를 잡을 수 있을까요?"

"충분해."

추소려는 당연하다는 듯 대답했다.

"지금까지 우리가 무엇을 위해 그토록 열심히 무공을 수련했고 또 이렇게 준비한 것이라고 생각하니? 다 장권호를 죽이기 위해서야."

추소려의 말에 추소령은 고개를 끄덕이며 원한에 사무친 마음을 다시 한 번 끄집어내었다. 그 원한 때문에 긴 시간 동안 수련을 한 것이다.

그녀는 다시 말했다.

"생각해 보니 우리가 장권호를 잡는다면 정파는 크게 기뻐하겠군요. 장권호로 인해 상처받은 자존심이 회복될 테니까요. 거기다 앞으로 깎여야 할 자존심도 없을 테고 말이에요."

"그러니 우리가 이렇게 편하게 여기까지 배를 타고 올 수 있었지. 그런 일이 없었다면 우리가 쉽게 여기까지 왔겠니?"

추소려가 미소를 보였다.

그녀의 말처럼 장권호에게 원한을 가진 그녀들은 평소보다 훨씬 쉽게 장강의 중류까지 내려올 수 있었다. 과거였다면 풍운회나 세가맹의 견제로 장강에서 이렇게 편하게 배를 타는 일도 없었을 것이다.

"장권호를 적으로 생각하는 사람은 우리만 있는 게 아니니 다행이라 봐야지요."

"정파 놈들도 적으로 생각하지만 드러내 놓고 싫어할 수도 없으니 난감할 거야. 그럴 땐 우리 같은 사람들이 더 편한 것 같아."

"정파에서는 장권호를 죽일 명분이 없어요."

추소려의 말에 추소령이 대답했다. 추소령은 다시 말했다.

"그들이 좋아하는 명분이 없으니 당연히 장권호를 어찌하지 못하고 있지요. 그리고 장권호도 그것을 잘 파악하고 있어요. 아마 그자는 정파에게 어떠한 명분도 주지 않을 생각이 분명해요."

추소령의 말에 추소려는 동의하며 대답했다.

"그렇겠지."

"배가 다가오네요."

이제는 눈앞에 선명하게 배가 보이자 추소령과 추소려가 더욱 큰 살기를 보이기 시작했다.

"시작하자."

추소려의 말에 추소령은 고개를 끄덕였다.

쿵!

급작스럽게 울리는 충격에 선실에 앉아 있던 서영아와 장권호는 재빨리 일어나 흔들리는 배 안에서 중심을 잡았다.

남궁명도 일어나 중심을 잡아 서는 순간, 그의 눈에 창을 통해 들어오는 거대한 배의 모습이 잡혔다.

"헉!"

쿵!

다시 한 번 육중한 충격음과 함께 배가 크게 흔들렸으며 장권호와 서영아는 창틀을 잡아 중심을 잡았다. 그 와중에 무게의 중심을 못 잡은 남궁명이 바닥을 한 바퀴 굴렀다.

"이런 창피한 일이 있나."

남궁명은 어이없다는 듯 흔들림이 멈추자 옷을 털고 일어섰다.

무엇보다 화가 나는 것은 자신이 서영아나 장권호와 달리 바닥을 굴렀다는 사실이다.

누가 감히 자신을 바닥에 구르게 만들었는지 그 실체가 궁금했고 자신이 탄 배를 이렇게 무식하게 부딪치는 일이 일어났다는 것에 화가 났다.

"무슨 일이냐!"

남궁명은 문을 열고 밖에 소리쳤으나 좀 전까지 시끄럽던

밖은 마치 쥐죽은 듯 조용해졌다.

첨벙! 첨벙!

그때 물소리와 함께 강물로 뛰어드는 사람들이 보였고 장권호와 서영아는 일이 잘못되었다는 사실을 다시 한 번 인지하였다. 분명 무슨 일이 생긴 것이다.

"장강에 수적이라도 있는 모양이야?"

장권호의 물음에 남궁명은 미간을 찌푸리며 고개를 저었다.

"장강의 수적들은 이미 오래전에 사라졌소이다. 그들이 활동하던 옛날에야 이런 일이 있었겠지만 지금은 수적들이 활동할 만큼 장강이 녹록한 곳이 아니오."

"그런가?"

장권호의 물음에 남궁명은 고개를 끄덕이며 다시 말했다.

"장강의 상권이 가지고 있는 부는 수적들이 다루기에는 너무 큰 규모였소. 그 외에도 수적들로 인해 피해를 보는 양민들도 많았기 때문에 여러 명분을 가지고 그들을 소탕하게 된 것이오. 지금은 장강에 수적이 있다는 소리는 들어 본 적이 없소이다."

"그렇군."

장권호는 장강의 상권이 가지고 있는 부의 가치가 상당하다는 남궁명의 말이 양민을 위한다는 말보다 더욱 가깝게 다가왔다. 그런 이유라면 충분히 세가맹이나 무림인들이 일어날 이유가 충분했기 때문이다. 양민을 위한다는 것은 어쩌면 단순한 명분이었을 것이다.

"밖에 나가 봐야겠소."

"같이 가요."

남궁명이 말을 한 후 밖으로 향하자 서영아가 재빨리 따라붙었다. 장권호도 천천히 그들의 뒤를 따라 나갔다.

갑판으로 나가자 남궁명은 놀란 표정으로 멈춰 섰다. 좌우로 거대한 범선 두 척이 마치 납치라도 하려는 듯 붙어 있었기 때문이다. 범선의 갑판으로는 무기를 소지한 무림인들이 모습을 보였고 범선에서 올려놓은 나무다리를 타고 건너오고 있었다.

"누구냐?"

남궁명은 상당히 많은 수의 무림인들이 모습을 보이자 상당히 놀란 모습을 보였다. 이런 곳에서 이렇게 많은 무리의 무림인들을 보게 될 줄은 몰랐기 때문이다.

무엇보다 수적이라고 하기에는 그들의 기도가 날카롭고 예리했다. 복장은 평범해 보였지만 상당한 훈련과 수련을 쌓은 무림인들이 분명해 보이자 긴장한 것이다.

"수적이라고 하기에는 무리가 있어 보이네요."

서영아가 어느새 남궁명의 옆에 모습을 보이며 중얼거렸다. 그녀는 살기를 보이며 나타난 무림인들의 모습에서 상당히 재미있다는 듯 눈을 반짝이고 있었다.

"누구냐고 묻지 않았느냐!"

남궁명은 자신의 말을 무시하는 그들의 모습에서 상당히 기분이 나쁜 듯 인상을 찡그리며 화난 표정으로 큰 목소리로 물었다.

하지만 여전히 그들은 아무런 반응 없이 그저 살기만을 보인 채 그들을 포위하고 있었다.

슉!

범선에서 활을 손에 쥔 상당수의 무인들이 화살을 겨누며 나타나자 다시 한 번 남궁명의 표정이 굳어졌다.

'작정하고 우리를 죽이려고 온 무리들이로구나.'

남궁명은 그런 생각이 들자 가만히 검의 손잡이를 잡았다.

"내 목숨을 노린 적들인 모양이군."

장권호가 뒤에서 천천히 걸어 나오며 모습을 보이자 서영아는 그의 옆에 서서 고개를 끄덕였다.

"그런 것 같아요. 아무래도 오라버니를 마음에 안 들어 하는 무리들이 있는 모양이에요. 이토록 말이 없는 것을 보아하니 소속이나 문파를 감추려 하는 정파일지도 모르겠군요."

"정파가 이런 짓을 할 리 없소이다."

남궁명이 서영아의 말에 싸늘한 표정으로 말했다.

서영아는 그의 말을 가볍게 받아넘기며 말했다.

"그런가요? 하지만 그건 모르는 일이에요."

서영아의 말에 남궁명은 크게 부정하지는 못하고 침묵했다. 자신 역시도 장권호의 존재를 싫어하는 무리들 중 한 명이었고 그런 사람들이 꽤 있다는 것도 잘 알기 때문이다.

"소속을 밝혀라."

남궁명이 다시 한 번 묻자 범선에서 비단화의를 입은 장년인과 젊은 청년이 모습을 보였다. 그들은 천천히 범선에서 건너와 장권호와 일행들을 쳐다보며 섰다.

그들이 나타나자 자연스럽게 모두의 시선이 그들에게 향했다.

남궁명의 시선이 상당히 빼어난 외모의 젊은 청년보다 그 옆에 서 있는 장년인에게 향했다. 청년과는 다르게 장년인은 본 적이 있는 얼굴이었기 때문이다.

"당 선배께서 이렇게 먼 곳까지 모습을 보이다니 참으로 놀랄 일이오."

남궁명의 말에 당위가 뒷짐을 진 채 여유로운 미소를 보였다.

"오랜만이군. 이런 곳에서 이렇게 마주하게 될 줄은 몰랐네."

"저도 놀랍군요. 사천당가의 이름 높은 당위 선배께서 살기등등한 무사들을 이끌고 우리를 죽이기 위해 나타나다니 말이오."

남궁명의 말에 가시가 있다는 것을 잘 아는 당위였지만 가볍게 미소로 넘겼다.

"자네하고는 관계없는 일이니 참견하지 말게나. 내 목적은
어디까지나 저기 변방에서 이 먼 중원까지 찾아온 불청객에
있으니 말일세."

"우리에게 불만이 많은 중원인들이 어디 한둘이겠어요? 이
런 일이야 예상했던 일이니 남궁 소협은 신경 쓰지 마세요."

"내 집으로 가는 손님이오."

서영아의 말에 남궁명은 굳은 표정으로 말했다.

그의 말에 당위가 미간을 살짝 찌푸렸다. 남궁명에게 일이
생기면 남궁세가를 적으로 돌리게 되기 때문이다.

서영아는 생각보다 남궁명이란 사내가 괜찮은 사내라고
생각되었다. 이렇게 형세가 불리한데도 자신의 도리는 다 하
려고 했기 때문이다.

그때 범선에서 두 명의 여자가 모습을 보였다.

"장권호가 확실하군요."

"오랜만이네요."

두 여자의 목소리에 고개를 돌린 장권호는 눈을 반짝였고
서영아의 표정이 한없이 차갑게 굳어졌다.

그 둘은 추소려와 추소령 자매였고 그녀들은 천천히 건너
와 당위의 옆에 섰다. 그녀와의 거리는 불과 오 장여의 거리였
고 서영아는 금방이라도 폭발할 듯 내력을 끌어모았다.

슥!

장권호가 서영아의 어깨를 가만히 잡자 서영아는 자신도 모르게 끌어 올리던 살기를 감추었고 입술을 깨물다 곧 표정을 풀었다.

"추 자매로군. 둘 다 오랜만이야."

장권호의 가벼운 인사에 두 여자는 싸늘한 표정으로 장권호를 노려보았다.

"언젠가는 내 앞에 나타날 거라 생각했는데 생각보다 빨리 나타났군. 그리고 이렇게 강 한가운데서 보게 될 줄도 몰랐어."

장권호의 말에 추소려와 추소령은 살기를 보이기 시작했다.

추소려는 자신이 장권호에게 받은 치욕 때문에 일어난 살기였고 추소령은 순수한 복수심이었다. 그 둘의 살기는 비슷했으나 그 성격은 판이하게 다른 것이었다.

차가운 눈빛을 던지던 서영아도 살기를 보이기 시작했으며 그녀는 절로 검의 손잡이를 힘주어 잡았다. 금방이라도 추소려의 목을 잘라 버릴 준비를 한 것이다.

장권호가 어깨를 잡지 않았다면 지금쯤 추소려의 목을 베었을지도 모른다.

"두 분 소저들이야 내게 원한이 있으니 나타난 것을 알겠는데, 두 분은 왜 내게 살기를 보이는지 이유를 모르겠군. 특별한 이유라도 있소?"

장권호의 시선이 추소려와 추소령을 지나 당위와 전횡으로 향했다.

　그의 담담한 모습에 당위는 미소를 보이며 대답했다.

　"중원을 어지럽히는 불청객을 잡아 잃어버린 중원의 명예도 회복하고 내 개인적인 소망도 이루기 위해 왔네. 이 정도면 충분하지 않나?"

　"장 형의 무공이 얼마나 대단한지 눈으로 확인하기 위해 왔소이다."

　전횡이 당위의 말이 끝나자 재빨리 말했다. 그 말에 서영아가 저도 모르게 피식거리며 웃음을 흘렸다. 그녀는 곧 어이없다는 듯 크게 웃었다.

　"호호호호!"

　서영아는 정말 재미있다는 듯 배를 잡아 마음껏 웃은 뒤 어이없다는 표정으로 당위와 전횡을 쳐다보았다.

　"어디서 그런 자신감이 나오는지 모르지만 미쳤군요? 아니면 정신이 돌았거나? 겨우 이 인원으로 오라버니를 어쩔 수 있다고 생각한 건가요? 여기가 장강 위라고 해서? 아니면 겨우 자기 목숨이나 연명할 정도의 무공을 가지고? 그 실력으로 잃어버린 명예를 회복한다고? 지나가는 개가 웃겠군요, 호호호. 오라버니의 무공이 얼마나 대단한지 보려고? 보기도 전에 죽을 텐데? 호호호."

　그녀의 목소리에 당위와 전횡의 표정이 굳어졌으며 상당히 분노한 표정으로 어깨를 떨었다. 그러자 추소려와 추소령도 매우 화난 표정으로 검을 뽑아 들었다.

"주둥이가 개판이구나."

추소려가 싸늘한 목소리로 말하자 서영아가 웃던 모습을 버리고 차가운 한기를 뿌리며 말했다.

"모두 죽여 주지."

스릉!

그녀가 검을 뽑아 들자 날카로운 한기와 함께 사방으로 차가운 바람이 뿜어져 나갔다.

그녀의 강렬한 살기와 기도에 모두의 표정이 굳어졌다. 서영아의 무공이 범상치 않다는 것을 그제야 알게 된 것이다.

"말리지 마세요."

서영아가 낮은 목소리로 장권호에게 말하자 장권호는 그녀의 어깨를 두드리며 말했다.

"죽이지 말아라."

서영아는 그의 목소리에 어깨를 움찔거리다 이내 빠르게 앞으로 뻗어 나갔다.

쉬아악!

가장 먼저 움직인 것은 서영아였고 그녀의 날카로운 검기가 십여 줄기의 선을 만들며 추소려를 중심으로 사방으로 뻗어 나갔다.

그 모습에 놀란 추소려와 추소령은 눈을 부릅떴다.

어디서 많이 본 움직임이었고, 검이 움직이는 모습 또한 많이 본 검로(劍路)였기 때문이다.

"비선검법!"

놀라 외친 추소려와 추소령은 번개처럼 좌우로 흩어졌다. 그 순간 그 자리에 있던 십여 명의 무사들에게 서영아의 검기가 덮쳐 갔다.

서영아는 추소려와 추소령이 피했다는 사실을 알면서도 검을 멈추지 않고 기다렸다는 듯이 기습적으로 십여 명의 무인들을 베었다.

서영아의 기습에 미처 대비하지 못한 십여 명의 무인들은 놀란 표정으로 눈을 부릅떠야 했다.

"크아악!"

퍼퍼퍽!

그물 같은 서영아의 검기가 삽시간에 십여 명의 무인들을 지나쳤으며 그들은 저항조차 하지 못한 채 피를 뿌리고 쓰러졌다.

그 자리에서 몸을 돌린 서영아는 망설이지 않고 추소려가 올라간 좌측의 범선으로 날아들었다.

"누구냐! 누군데 감히 비선검법을 쓰는 것이냐!"

추소려가 오히려 놀란 표정으로 자신을 향해 날아드는 서영아를 향해 외쳤다. 서영아의 무공에 놀란 것보다 그녀가 사용하는 비선검법 때문에 더욱 놀란 것이다. 비선검법을 알고 있는 사람은 현 강호에 몇 없었기 때문이다.

무엇보다 이토록 비선검법을 완벽하게 구사하는 인물 또한 강호에 없었다. 그렇기 때문에 더욱 놀란 것이다.

"내가 바로 백귀다!"

서영아의 외침에 순간 추소령의 눈동자가 부릅떠졌다.

"……!"

추소려가 멍한 표정으로 날아드는 서영아의 살기 어린 얼굴을 바라보았다. 그때 좌우로 늘어선 궁수들이 일제히 서영아를 향해 활을 쏘았다.

쉬쉬쉭!

수십 개의 화살들이 일제히 허공에 떠 있는 서영아를 향해 날아들었다. 하지만 서영아는 차갑게 눈을 반짝이더니 빠르게 몸을 회전시키며 검막을 만들어 날아드는 화살을 막았다.

파파파팟!

나뭇가지가 부러지는 소리가 울리며 서영아의 신형이 추소려의 미간을 향해 일직선으로 빛과 함께 날아들었다.

"백귀라고…… 백귀라고……!"

추소려는 자신이 알고 있는 그 백귀가 눈앞에 나타난 서영아란 사실에 믿지 못하겠다는 듯 그녀의 얼굴을 쳐다보았다.

자신이 아는 백귀는 분명 추하고 드럽고 못생긴 얼굴의 여자여야 했다. 하지만 지금 눈앞에 나타난 백귀는 깨끗한 피부의 미인이었다.

그 사실을 쉽게 받아들이지 못하고 있었다.

거기다 죽었다고 생각했던 백귀였다. 그녀가 살아 있을 거란 사실조차 받아들이기 힘든 현실이었다.

"말도 안 돼."

추소려는 어이없다는 듯 고개를 저었다.

"언니!"

쉬아악!

허공중에 커다란 외침이 터졌으며 화살처럼 빠르게 날아든 추소령의 신형이 서영아의 옆구리를 노리고 쏘아져 갔다.

서영아는 이대로 추소려를 죽여도 상관은 없었지만 그렇게 되면 자신이 추소령의 검에 의해 치명상을 입을 것이란 사실에 입술을 깨물며 방향을 틀었다.

팍!

추소령의 검을 막은 서영아는 갑판 위로 떨어져 내렸으며 그 앞으로 추소령도 내려섰다. 추소령의 검은 유형의 검기로 감싸여 있었으며 그녀의 기도가 사납게 일어나 있었다. 서영아는 자신을 방해한 추소령이 당연히 마음에 들지 않았다.

"방해하지 마."

쉬악!

서영아가 재빠르게 몸을 돌리며 추소령을 향해 삼검을 뿌렸고 날카로운 검기가 바람과 함께 추소령을 덮쳐 갔다.

추소령은 그녀의 무공이 자신보다 뛰어나다는 것에 매우

놀라며 날아드는 검기를 막아 냈다.

파파팟!

유형의 검기를 막으며 앞으로 전진하자 서영아는 기다렸다는 듯이 추소려를 향해 나아갔고 그제야 정신을 차린 추소려가 검을 힘주어 잡으며 비선검법을 펼치기 시작했다.

그녀의 검기가 사방으로 난무하자 서영아는 바람처럼 유유히 검기를 피하기 시작했다. 그러자 그녀의 모습이 십여 개의 환영처럼 늘어났으며 차가운 살기는 더욱 강하게 피어났다.

"이년!"

추소려는 자신의 검을 피하며 천천히 다가오는 서영아가 마치 괴물처럼 보이는 듯 눈을 부릅떠야 했다. 혼신을 다한 자신의 검을 너무도 쉽게 피하고 있었기 때문이다.

"어딜!"

추소령이 어느새 재빨리 추소려의 좌측으로 붙어 서영아의 빈틈을 공격하였다.

그녀의 검 역시도 매우 빨라 움직일 때마다 쉭! 쉭! 하는 바람 소리가 길게 일어나고 있었다. 그 소리만 들어도 그녀의 검기가 얼마나 뛰어난지 잘 알 수 있었다.

서영아는 추소령까지 가세하자 조금은 짜증스러운 눈빛으로 그 둘의 검을 막아 갔다.

따다다당!

요란한 금속음과 함께 좌측의 범선은 서영아와 어우러진 추소령과 추소려의 모습만이 보이고 있었다.

쾅!

"크윽!"

폭음과 함께 뒤로 밀려 나간 전횡은 가까스로 배에서 떨어지려는 몸을 추스르며 난간에 기대어 버렸다.

하지만 단 한 번의 부딪침으로 오른팔이 마치 고장이라도 난 것처럼 움직이지 않자 놀라 눈을 부릅떠야 했다. 무엇보다 오른팔이 떨어져 나간 것 같은 고통이 뼛속에서 올라오자 절로 인상을 찌푸려야 했다.

"도대체……."

지금까지 경험해 보지 못한 극렬한 고통이었고 온몸이 마치 석상처럼 굳어진 것 같은 기분에 알 수 없는 두려움이 밀려왔다. 지금 이 상태에서 일격을 당하면 여지없이 목숨을 내놓아야 했기 때문이다.

하지만 다행히도 장권호는 당위를 상대하고 있어 전횡을 볼 수 없었다.

"독을 쓸 테니 조심하시오."

당위는 마치 당연하다는 듯 대놓고 독을 사용했다고 말했다. 그의 말에 남궁명은 안색을 바꾸며 자신의 몸을 살폈다. 다행히 독에 중독된 흔적은 없었고, 당위의 손에 녹피 장

갑이 보이자 독 암기를 쓸 것이라 생각했다.

암기라면 피하면 그만이었다. 그나마 다행이라면 당위의
상대가 장권호라는 사실이었다. 남궁명은 검을 들고 우측의
범선으로 뛰어들어 활을 든 무사들과 일반 무사들을 상대하
기 시작했다.

'여기에 있어 봤자 장 형에게 방해가 될 뿐이다.'

남궁명은 좁은 배의 갑판에 자신이 있으면 장권호가 제대
로 무공을 펼치지 못할 것이라 여기고 피한 것이다. 그에게
부담을 주는 것이 싫었고, 방해가 되는 궁수들도 마음에 안
들었다.

그가 급작스럽게 뛰어들자 한순간 소란스러운 소리와 함
께 병장기 부딪치는 소리가 요란하게 울리기 시작했다.

"쳐라!"

당위의 외침에 주변에 서 있던 무사들이 일제히 장권호를
향해 무기를 들고 달려왔다. 그들이 달려오는 모습을 보는
순간 장권호는 앞으로 한 발 나서며 왼손을 가볍게 들었다.

그러자 빠바박! 하는 격타음과 함께 장권호의 이 장 앞까
지 접근했던 무사들이 일제히 뒤로 튕겨 나갔다.

우당탕탕!

그들이 바닥을 구르는 소리가 요란하게 울렸고 고통스러
움에 신음성이 터지자 당위는 한순간 몸이 굳은 듯 움직이지
못하였다.

장권호가 어떻게 이들을 쓰러뜨렸는지 못 봤기 때문이다. 그저 한 발 다가오는 것만 봤을 뿐인데 바닥엔 무사들이 쓰러져 있었다.

녹색 주머니에 손을 넣어 암기를 잡으려던 당위는 자신도 모르게 몸이 굳어 움직이지 못하였다. 무엇보다 장권호의 무심한 눈동자가 자신을 향하고 있자 절로 가슴이 떨려오는 것을 느꼈다.

장권호는 담담한 표정으로 말했다.

"당가의 암기술이 궁금했는데 마침 잘되었군. 어서 보여 주게나."

장권호의 말에 당위는 안색을 찌푸리다 곧 손에 힘을 주어 주머니에서 삼각형의 환영표(幻影鏢)를 꺼내 날렸다.

피핑!

바람을 가르는 날카로운 소리와 함께 두 개의 삼환표가 허공을 가르자 장권호는 재빨리 좌우로 몸을 움직여 피했다. 동시에 그 근처에 있던 무사들의 안면에 주먹을 내질렀다.

빠박!

"크악!"

비명성과 함께 두 명의 무사들이 바닥을 굴렀다. 그들은 다시 일어나지 못하고 온몸을 부들부들 떨기만 했다.

그 모습 역시 당위에겐 커다란 압박감으로 다가왔다.

그리고 장권호가 한 걸음 다가올 때마다 온몸이 덜덜 떨린다는 것을 알았다.

"이놈……."

당위는 자신이 그저 상대방의 기도에 눌리고 있다는 생각이 들자 자존심이 상했다. 이대로는 안 된다는 생각에 재빨리 네 개의 삼환표를 꺼내 날렸다.

피핑!

삼환표에는 스치기만 해도 죽고 마는 극독이 발라져 있었다.

하지만 장권호는 그저 가벼운 미소와 함께 유령처럼 좌우로 움직여 모두 피했다. 그러곤 다시 앞으로 나아가자 당위가 이제는 좌측으로 원을 그리듯 움직이며 삼환표를 장권호에게 날리기 시작했다.

당연히 장권호는 수월하게 피했고 그 옆에 있던 무사가 번개처럼 빠른 삼환표의 재물이 되어야 했다.

퍼퍽!

"크악!"

비명과 함께 삼환표에 찔린 무사들이 온몸을 떨다 입에 거품을 물더니 바닥에 쓰러졌다.

하지만 당위는 수하들이 죽었어도 크게 신경 쓸 수가 없었으며 오직 장권호만 눈에 들어오고 있었다.

팡!

삼환표 두 개를 손에 쥐던 당위는 허공에 나타난 강력한 풍압에 놀라 눈을 부릅뜨며 재빨리 옆으로 피했다.

쾅!

그가 피한 자리가 터져 나가더니 사방으로 나뭇조각이 비산했다. 그 모습에 당위는 등골이 서늘해지며 식은땀이 흘러내리기 시작했다.

눈에 보인 것은 장권호의 주먹이 잠깐 아른거렸다는 점뿐이었다.

"엄청난 쾌권이군."

당위는 놀란 표정으로 중얼거렸다.

보통 빠르기만 한 무공은 그 위력이 반감되기 마련인데 장권호의 주먹은 빠를 뿐 아니라 스치기만 해도 죽을 것 같은 강렬한 힘이 실려 있었다. 그만큼 위험하고 두려운 주먹이었다.

"이것밖에 없나?"

장권호의 물음에 당위는 전신을 떨어야 했으며 마지막 두 개 남은 삼환표를 쥐던 손을 꺼내어 날렸다.

피핑! 하는 소리와 함께 두 개의 삼환표가 호선을 그리며 날아들었지만, 장권호는 그저 앞으로 걸어 나가 피했다. 너무 수월하게 두 삼환표를 피하며 당위에게 삼 장이나 가까이 접근하게 된 것이다.

팡!

허공중에 주먹을 뻗자 강한 파공성과 함께 강렬한 풍압이

다시 한 번 당위에게 날아들었다. 당위는 재빨리 좌측으로 피하며 좌수를 움직였다.

파파팡!

그의 좌수가 앞으로 나오자 수십 개의 장영과 함께 밝은 빛이 반짝였다. 장영 사이로 비침 하나가 마치 숨은 그림처럼 따라 나온 것이다.

"……!"

장권호는 당위가 만든 장영이 허초라는 것을 알았으며 그 사이로 숨어 있는 비침이 실제 암기라는 것을 파악했다. 그러자 그의 그림자가 빠르게 앞으로 뻗어 나갔다.

쉬악!

장권호의 신형이 마치 유령처럼 흔들리다 당위의 눈앞에 나타났다.

당위는 눈을 부릅뜨고 장권호를 바라보았다.

그 순간 강렬한 통증이 복부를 타고 올라왔다. 저도 모르게 전신을 떨다 바닥에 무릎을 꿇었다.

털썩.

바닥에 무릎을 꿇은 당위는 전신을 몇 번 더 떨더니 이내 고개를 숙였다.

그 모습에 모두의 안색이 굳어졌으며 장권호를 포위하던 무사들도 발이 얼어붙은 듯 더 이상 움직이지 못하고 있었다.

장권호는 가만히 고개를 돌려 추 자매와 싸우고 있는 서영아를 바라보았다.

두 사람의 맹공에도 서영아는 여유가 있어 보였고 금방이라도 추 자매를 죽일 수 있을 것처럼 보였다. 하지만 추 자매의 공격도 마치 합격술처럼 좀처럼 빈틈을 보여 주지 않고 있었다.

"오래 걸리지는 않겠지."

장권호는 가만히 중얼거리다 곧 빠르게 주변에 서 있던 무사들을 향해 몸을 움직였다.

퍼퍽!

제2장
어울리다

  애초에 상대가 되지 않는 싸움이었다. 아무리 수적으로 우위에 있다 하지만 장권호는 그들이 상대하기에는 벅찬 존재였다.

  그것을 알면서도 이렇게 장강의 강물 위에서 그를 맞이한 것은 이곳에선 피할 곳이 없기 때문이다.

  그렇지만 그것은 장권호만 해당되는 일이 아니었다. 그들도 강물 위이기 때문에 더 이상 피할 곳이 없었다.

  따다다당!

  추소령과 추소려의 검을 가볍게 받아넘기며 두 자매를 상대하던 서영아는 의외로 두 사람의 실력이 뛰어나다는 것에 놀라고 있었다.

"전에는 아무것도 할 줄 모르더니 꽤 많이 노력한 모양이
야?"

땅!

추소려의 검을 강하게 튕겨 낸 서영아가 가볍게 미소를 지
으며 말하자 추소려는 뒤로 십여 보나 물러선 채 차갑게 인
상을 찌푸리며 물었다.

"네년이 정말 백귀란 말이냐?"

추소려가 여전히 믿지 못하겠다는 표정으로 묻자 서영아
는 그저 가볍게 고개만 끄덕였다.

그사이 추소령의 검이 서영아의 좌측 허리를 베고 있었다.
서영아는 검을 들어 그녀의 검날을 가볍게 튕겨 내었다.

"말하는 데 끼어들지 마."

따당!

"큭!"

추소령은 손목이 아파 오자 비틀거리며 추소려의 옆으로
물러섰다. 그녀 또한 눈앞에 보이는 초고수가 백귀라는 사실
을 믿지 못하고 있었다.

"왜? 못 믿겠어?"

서영아가 검을 들어 올리며 살기를 보였다. 그 순간 빈틈
으로 생각한 무사들이 일제히 서영아를 향해 달려들었다.

서영아의 신형이 빠르게 십여 번이나 회전하며 뒤로 움직이
더니 수십 개의 검기가 사방을 갈랐다.

퍼퍼퍽!

"크아악!"

"크악!"

빛과 함께 번쩍이는 검기 다발이 달려들던 무사들을 베고 지나치자 피가 난무하고 시체들이 늘어났다. 갑판은 삽시간에 아수라장이 되었다.

"꿀꺽!"

뒤로 물러선 무사들의 목에서 마른침이 넘어가는 소리가 울렸다. 그래서일까? 그 누구도 움직이는 사람이 없었다.

서영아는 살기를 보이며 추소려를 노려보았다.

추소려는 그녀와 눈이 마주치자 조금 놀란 표정을 보이다 이내 미소를 입가에 걸었다.

"네가 백귀라니 정말 놀랄 일이로구나. 도대체 어떤 일이 있었기에 거지 같은 목숨이 그토록 변한 것이지?"

"다행이군."

서영아는 추소려의 말에 고개를 끄덕이며 천천히 걸음을 옮겨 다가왔다. 그녀는 차가운 살기를 사방에 뿌리며 다시 말했다.

"그 주둥이는 여전히 변하지 않았어."

핏!

서영아의 신형이 삽시간에 빛으로 변하여 추소려의 미간으로 날아들었다.

"헉!"

"……!"

추소려는 갑자기 서영아가 사라지고 눈앞에 빛이 하나 보이자 눈을 부릅떴으며 추소령은 놀란 표정으로 입술을 깨물며 모든 내력을 끌어모아 검에 집중하였다. 그러자 강한 빛이 검에서 뿜어져 나오며 추소려의 앞을 막았다.

"위험해!"

쾅!

"아아악!"

폭음과 함께 빛이 사라졌으며 사방으로 강렬한 바람을 만들어 내었다. 그 속에서 추소령의 신형이 힘없이 뒤로 날아가 선실 문을 부수고 안으로 들어갔다.

비명 소리는 컸으며 갑판의 바닥은 여기저기 부서져 있었고 몇 명의 무사들은 강물로 뛰어들었다. 도저히 상대가 안 된다는 것을 알고 도망친 것이다.

추소려는 어깨를 미미하게 떨며 차가운 눈동자로 앞을 보고 있었다.

그녀의 목에는 어느새 서영아의 검날이 닿아 있었다.

슥!

"윽!"

미세한 소리와 함께 서영아의 기린검이 추소려의 목에 상처를 만들었다.

그러자 핏방울 하나가 또르르륵 굴러 검신을 타고 흘렀
다. 서영아는 흘러내린 핏방울을 왼손으로 만지더니 눈을 들
어 추소려를 쳐다보았다.

　"붉군…… 난 네년의 피가 보통 사람들의 피처럼 붉은색이
아니라 좀 다를 거라고 기대했는데…… 실망이야."

　"갈보 같은 년. 얼굴에 무슨 짓을 했는지 모르지만 네년의
상판은 갈보보다 더하지. 어디서 인피면구라도 구해서 쓴 모
양인데 어차피 네년은 노예고 거지 같은 근성을 가진 년이야.
평생 변하지 않아."

　추소려의 말에 화가 난 서영아가 왼손을 올렸다.

　짝!

　"악!"

　고개가 뒤로 돌아간 것처럼 꺾인 추소려는 서영아의 힘을
이기지 못하고 옆으로 쓰러졌다.

　추소려의 입술은 강한 손바닥의 힘 때문에 터져 피를 흘리
고 있었다. 고통으로 아파해야 했지만 추소려는 오히려 더욱
강한 살기를 보이며 천천히 일어섰다. 그녀는 전신을 떨었으
며 밀려오는 모멸감에 심장이 터져 나갈 것처럼 뛰기 시작했
다.

　"천한 년이 어디서 감히……."

　이빨까지 깨물며 말하는 추소려는 금방이라도 서영아에게
달려들 것 같았다. 하지만 쉽게 앞으로 나서지는 못하고 있

었다.

그럴 수밖에 없는 것이 목젖에 서영아의 손에 들린 검극이 닿아 있었기 때문이다.

그 차가운 느낌이 힘겹게 이성의 끈을 잡고 있었다.

하지만 금방이라도 이성은 달아날 것 같았고 분노에 찬 마음만이 정신을 지배할 것 같았다. 그만큼 화가 났으며 모멸감에 시달리고 있었다.

하녀처럼 대했던 서영아가 지금 눈앞에서 자신을 때렸다는 것에 분노했으며 마음 한편으로는 지금 자신을 때린 사람이 정말 자신이 알고 있는 서영아인지도 의심스러웠다.

"그 천한 년에게 당하니 기분이 나쁘겠지? 그런데 나는 왜 이렇게 기분이 좋지? 짜릿할 정도군. 나를 괴롭힐 때 늘 이런 기분을 느꼈겠지?"

슥!

검을 움직여 추소려의 볼을 검면으로 살며시 쓰다듬은 서영아는 살기를 보이며 다시 말했다.

"지금도 가끔 자다가 네 얼굴이 떠올라. 네 얼굴이 떠오르면 그날은 악몽에 시달리지…… 그런데 그 악몽도 오늘로써 끝이다."

"나를 죽이겠다는 것이냐? 나를 죽이면 수정궁이 절대 가만히 있지 않을 것이다. 설마 내가 누구인지 잊은 것은 아니겠지?"

전신을 미미하게 떨며 말하는 추소려의 모습이 서영아는 문득 불쌍하단 생각이 들었다. 또한 이렇게 유약한 사람에게 자신이 시달렸었다는 생각이 들자 자기 자신도 안쓰러웠다.

잊고 싶은 과거였고 잊으려고 노력했지만 다시 한 번 떠오르게 한 추소려가 더욱 미워지기 시작했다.

서영아는 잠시 검을 거두며 살기를 거두었다.

그러자 추소려가 살짝 안도의 한숨을 내쉬었다. 자신을 압박하던 서영아의 살기가 사라졌기 때문이다.

그때 서영아가 눈을 반짝이며 다시 말했다.

"생각을 해 보니 죽이지만 않으면 그만 아닌가? 그대로 돌려주지."

팟!

서영아의 검이 빛과 함께 수십 개의 검기가 마치 떨어지는 빗물처럼 쏟아져 갔다.

추소려는 눈을 부릅뜨며 다가오는 빛무리를 노려 봐야 했다.

그리고 빛무리가 추소려의 전신을 스치고 지나쳤고, 그녀의 전신에서 피가 튀었다.

"아악!"

비명과 함께 뒤로 물러선 추소려는 몇 번 몸을 비틀다 주저앉았다.

그런 그녀의 양팔과 두 다리는 수십 개의 검상이 모습을 보였으며 그 사이로 피가 흘러내리고 있었다.

서영아가 피부만 살짝 베어 버린 것이다.

깊게 베인 상처는 어디에도 없었지만 수십 개의 상처가 한꺼번에 생겼기 때문에 아플 수밖에 없었다.

"이런, 얼굴에다 흉터를 만들려고 했는데 잠시 잊었군."

슥!

서영아가 허깨비처럼 가까이 다가와 검을 들어 추소려의 볼을 찌르려는 듯 움직였다. 그 모습에 추소려가 놀라 눈을 감으며 외쳤다.

"그만!"

그녀의 외침 소리에 서영아의 검이 멈췄다.

전신을 떨던 추소려는 얼굴에서 느껴지는 고통이 없자 살며시 눈을 떴다.

그녀의 눈에 인상을 찌푸리고 있는 서영아의 팔을 잡고 있는 장권호가 보였다.

어느새 주변을 정리한 장권호가 고개를 말없이 젓자 서영아는 짧은 한숨을 내쉬었다.

"운 좋은 줄 알아."

서영아가 검을 거두고 뒤로 물러서자 추소려가 엉덩이를 털고 일어섰다. 그녀는 장권호가 자신을 보호했다는 생각이 들자 어이가 없으면서도 서영아에게 당한 굴욕과 치욕감에 몸을 떨어야 했다.

"이대로 끝이라고 생각하면 오산이야."

"쓸데없는 말을 하는 것으로 보니 아직 덜 혼난 모양이군? 지금 그 고운 얼굴에 거미줄을 만들어 줄까?"

서영아가 살기를 보이며 다시 검을 들자 추소려는 재빨리 뒤로 물러섰다.

"마음먹고 죽이려 했다면 보는 순간 죽었을 거야."

서영아의 말에 추소려는 이빨을 깨물며 아미를 찌푸렸다.

그녀의 살기는 여전했고 빈틈만 보이면 언제라도 다시 덤빌 것 같은 기세를 보였다. 하지만 쉽게 움직이지는 못했다. 장권호가 있었고 서영아의 무공 역시 대단했기 때문이다.

"이제 그만 집으로 돌아가는 게 어떻겠나? 더 이상 원한을 곱씹어 봐야 서로에게 손해일 것 같은데?"

장권호의 말에 추소려는 서영아를 보던 시선을 돌려 장권호를 노려보았다.

"내 아버지를 죽인 원수를 눈앞에 두고도 복수를 못 하는 내가 죽고 싶을 만큼 미워 죽겠어. 그런데 그냥 잊으라고? 손해일 테니 그냥 묻어 두라고? 네 녀석은 그러고 싶어? 웃기는 소리하고 있군그래."

추소려가 검을 강하게 움켜잡으며 다시 한 번 덤벼들 기세로 차갑게 말했다.

"역시…… 죽여야겠어."

슥!

서영아가 추소려의 말에 장권호의 앞을 막으며 검을 늘어뜨렸다. 그녀의 살기가 강하게 사방으로 퍼져 나가자 추소려가 말했다.

"네년과의 원한은 저놈을 죽인 뒤에 하자. 그 뒤라면 내가 받아 주겠어. 내 목을 자르든 네년이 죽든 둘 중 하나겠지."

"나는 내 원한이 먼저라고 생각하는데?"

서영아가 자신의 원한을 들먹이며 말하자 추소려는 다시 한 번 인상을 찌푸렸다.

그때 선실에서 추소령이 비틀거리며 나타났다. 서영아의 일격을 막은 뒤 잠시 정신을 잃었다가 이제야 눈을 뜬 것이다.

"생각보다 일찍 눈을 떴네."

서영아는 추소령이 좀 더 쓰러져 있을 것이라 생각했다. 자신의 십성 내력이 담긴 일격을 맞았기 때문이다.

하지만 생각보다 일찍 모습을 보이자 그녀의 무공도 상당한 경지에 이르러 있다는 것을 알았다. 그렇지만 안색이 창백한 것으로 보아 분명 큰 내상을 입었을 것이다.

추소령은 비틀거리며 다가오다 곧 깊은숨과 함께 강렬한 기도를 내뿜으며 검을 강하게 움켜잡았다. 그녀의 눈은 오직 장권호를 향하고 있었으며 그에게 모든 신경을 쏟고 있었다.

"내 모든 것을 뺏어간 자…… 오늘 기필코 죽이겠어. 하앗!"

추소령이 기합성과 함께 강렬한 빛으로 변하여 장권호를

향해 날아들었다.

서영아는 싸늘한 표정으로 내력을 모아 검을 들었다. 죽일 생각인 듯 그녀의 전신으로 강한 살기가 퍼져 나오자 장권호가 그녀의 어깨를 잡으며 앞으로 나섰다.

"……!"

장권호가 한 발 나서자 서영아는 눈을 크게 떴고 신검합일이 된 상태로 다가오는 추소령에게 일권을 내미는 모습이 눈에 들어왔다.

그리고 추소령의 검이 장권호의 권에 닿기도 전에 균열과 함께 부러져 나갔다.

쾅!

"아악!"

추소령의 검이 수십 조각으로 갈라져 사방으로 흩어졌으며 장권호는 왼손을 내밀어 추소령의 오른팔을 잡고 있었다. 추소령은 어이가 없다는 듯 장권호를 노려보고 있었다.

"우엑!"

비틀거리며 피를 토했지만 장권호의 손을 벗어 날수가 없었기 때문에 쓰러지지도 못하고 있었다.

"개 같은 놈…… 죽여라."

추소령이 힘없이 살기를 보이며 말하자 장권호는 그녀의 수혈을 짚으며 추소려에게 시선을 던졌다.

"어떻게 할 건가?"

"죽였나요?"

장권호의 물음에 추소려는 추소령의 안위부터 물었다. 그러자 장권호는 고개를 저었다. 추소려가 살짝 눈을 반짝이다 곧 추소령을 안아 들고는 말했다.

"이대로 끝났다고 생각하면 오산이에요. 우리가 아무런 이유도 없이 장강 한가운데서 기다렸을 리는 없잖아요?"

"도망갈 곳이 없다는 사실은 우리뿐만 아니라 네게도 포함된 일인데?"

서영아의 물음에 추소려가 차갑게 미소를 보이며 갑판을 넘어 강으로 뛰어내렸다.

"앗!"

서영아가 놀라 난간으로 달려가자 추소려가 작은 소선에 서 있는 모습이 보였다. 그녀는 서영아를 향해 외쳤다.

"살아난다면 다음에 또 보겠지? 하지만 그런 일은 없을 거야!"

추소려가 크게 외치자 서영아가 도대체 무슨 말인지 몰라 눈을 크게 떴다. 장권호도 미간을 찌푸렸다.

둘이 빠르게 배에서 멀어지는 모습이 보이자 뭔가 잘못된 것 같다는 불길한 예감이 들었다. 그때 코끝을 스치는 화약 냄새에 둘의 안색이 급변했다.

콰쾅! 쾅!

화르륵!

쾅! 쾅!

거대한 범선이 폭음과 함께 터져 나갔으며 다른 배들 역시 안에 실린 화약이 터지며 거대한 폭음과 함께 불꽃이 일어났다.

"이런!"

"뛰어!"

콰콰쾅!

서영아와 장권호가 탄 배까지 화약이 터지자 거대한 범선이 순식간에 불길에 휩싸였고 강 속으로 침몰하기 시작했다.

쾅! 쾅!

폭음 소리는 끝없이 이어졌으며 불꽃과 검은 연기는 해가 질 때까지 계속 이어지고 있었다.

강물에 떨어진 서영아와 장권호는 범선이 터지면서 떨어진 커다란 갑판 조각을 발견하고 위로 올라갔다. 몸을 가볍게 하고 서서 불에 타는 배들을 바라보던 서영아와 장권호는 문득 뭔가 허전하다는 생각이 들었다.

"이런, 남궁 소협을 잊었네요?"

서영아의 말에 장권호도 그제야 떠올랐다는 표정을 보이며 고개를 끄덕였다.

"아차, 남궁 형을 잊었군. 살아 있을 테니 너무 걱정하지 마라. 이 정도에 죽을 정도로 약한 사람은 아니니까."

"그렇겠죠. 그냥 죽어 줘도 상관은 없는데……."

서영아가 남궁명이 죽었으면 좋겠다는 듯 말하자 장권호가 그녀의 등을 밀었다.

"앗!"

풍덩!

"오라버니!"

서영아가 불의의 일격에 분노한 표정으로 물속에서 얼굴을 내밀며 장권호에게 소리치자 장권호가 미소를 보였다.

"그런 말 하면 못쓴다. 그래도 우리 일행이 아니더냐?"

"쳇!"

서영아가 고개를 돌리며 인상을 찌푸렸다.

그때 그녀의 눈에 저 멀리서 천천히 다가오는 사람의 모습이 잡혔다.

그는 서영아가 죽기를 바랐던 남궁명이었다.

"어이! 여기! 여기 좀 보시오!"

"쳇! 살아 있었군."

서영아가 다시 한 번 인상을 쓰며 중얼거렸다.

*　　　*　　　*

허름한 초가에 도착하고 나서야 정신을 차린 추소령은 옆에 앉아 있는 추소려를 보자 일어나려 했다. 하지만 전신의 뼈마디가 부서진 것 같은 고통에 저도 모르게 신음을 흘리며 벽에 기대앉았다.

"어떻게 되었어요?"

"도망쳤지."

추소려가 인상을 찌푸리며 말하자 추소령은 어금니를 깨물었다.

"정신 차렸으면 그냥 앉아 있지 말고 금창약이나 발라 줘."

"음⋯⋯."

추소려의 말에 추소령은 그녀의 전신에 여기저기 검상이 나 있는 것을 발견하고 놀란 표정을 보였다.

추소려가 침상에 걸터앉으며 옷을 벗었고 추소령은 옆에 놓인 금창약을 꺼내 그녀의 상처에 바르기 시작했다.

"앗! 살살!"

"아파도 참아요."

추소령의 말에 추소령은 신음을 흘리며 어깨를 떨었다.

문밖에 서 있던 수하들이 신음 소리에 창문으로 안을 보려다 곧 고개를 돌렸다. 나신에 가까운 추소려와 눈이 마주쳤기 때문이다.

"그런데 정말 그 여자⋯⋯ 백귀였나요? 믿어지지가 않아서요."

"백귀야. 그 목소리⋯⋯ 분명 백귀였어."

추소려가 확신에 찬 목소리로 대답하자 추소령은 미미하게 고개를 끄덕였다.

"죽었다고 생각했는데…… 마음 한구석에선 혹시 살아 있지 않을까, 그런 생각을 하긴 했었어요. 그런데 정말 살아 있었군요."

"망할 년…… 곱게 죽을 것이지 어쩌다 살아난 건지 모르겠어. 그것도 상대하기 어려울 정도의 고수가 되어 나타나다니…… 이런 허황된 꿈 같은 상황이 내게 일어날 줄은 상상도 못 했다."

"힘없고 아무것도 가진 게 없는 사람이 어느 날 갑자기 원한을 갚기 위해 고수가 되어서 나타났다는 상황 말인가요?"

"맞아. 그런 일이 내게 일어날 줄은 몰랐어."

추소려가 인상을 찌푸리며 중얼거리자 추소령이 다시 말했다.

"얼굴의 상처가 하나도 없었어요. 그건 절대 인피면구로 위장한 얼굴도 아니었고 그 상처들은 가린다고 가릴 수 있는 상처도 아니었잖아요? 그런데 어떻게 해서 그렇게 된 것일까요?"

"어머님이 그러더군. 백귀가 만약 가면을 안 쓰고 나타나면 피하라고 말이야."

"그랬어요?"

추소려의 말에 추소령은 조금 놀란 표정으로 금창약을 바르며 물었다. 그러자 추소려가 고개를 끄덕이며 다시 말했다.

"백귀가 가면을 안 쓰고 나타났다는 것은 얼굴의 상처가 사라졌다는 뜻이고 그건 그년이 환골탈태를 했다는 증거라고 하셨지."

"아!"

추소령이 그 말에 눈을 크게 뜨며 놀란 표정을 보였다.

그리고 문득 생각을 해 보니 그렇지 않고서야 저렇게 당당히 얼굴을 내밀 수도 없을 것 같았다. 환골탈태를 했다는 것은 초고수가 되었다는 증거이기도 했다.

서영아가 강한 이유를 그제야 알게 된 기분이었다.

"분명 환골탈태를 한 것이 분명해."

추소려가 어금니를 깨물며 주먹을 쥐었다.

그런 그녀의 어깨가 떨고 있었다. 자신이 벌레처럼 여기던 서영아가 자신보다 월등이 높은 무공을 소유했다는 사실에 분노한 것이다.

"그렇다면 죽지 않았겠군요."

"아마도……."

"살아 있다면 여기도 위험하겠어요. 백귀가 마음먹으면 우리의 위치를 찾는 것도 쉬울 테니까요."

추소령의 말에 추소려는 가만히 고개를 끄덕였다.

"최대한 빨리 이 지역을 벗어나야지."

"아! 생각을 해 보니 그렇게 서두를 필요도 없겠네요."

"왜지?"

"장권호와 함께 있으니 분명 남궁세가로 가겠지요. 백귀는 장권호의 곁을 벗어나지 못할 거예요. 장권호의 입장에선 그녀만큼 든든한 호위도 없을 테니까요."

"그렇겠군."

추소려가 추소령의 말에 선선히 고개를 끄덕였다.

생각을 해 보니 과거에 자신이 알던 서영아가 호위할 땐 마음이 편했다는 것을 떠올렸다.

누구보다 밤에 익숙한 여자였고 소리 없이 움직이는 귀신이었다. 그런데 지금의 고수가 된 서영아가 호위를 한다면 함부로 접근할 살수조차 없을 것이다.

아니, 접근하기 전에 죽을 것이다.

"복수는 미루도록 해야겠어요."

"그래…… 화가 나고 분하지만…… 아직 우리의 수준으로는 힘들겠다."

추소려가 추소령의 말에 고개를 끄덕이며 목에 난 상처를 가만히 쓰다듬었다. 그녀는 장권호에 대한 복수심보다 서영아에 대한 원한이 더욱 커지는 것을 느꼈다.

"백귀……."

추소려가 어금니를 깨물며 서영아를 떠올렸다.

"그런데 전횡과 당 선배는 어떻게 되었어요?"

"죽었어."

"네?"

추소령이 죽었다는 말에 조금 놀란 표정을 보이자 추소려가 다시 말했다.

"폭발할 때 피하지 못한 모양이야."

"미리 알려 주었는데도 피하지 못한 건가요? 이상하군요. 그들의 능력이라면 충분히 피할 수 있었을 텐데……."

"피하지 못한 게 아니라 피할 수 없었겠지. 장권호를 상대했으니 내상을 입지 않았을까?"

그녀의 말에 추소령은 그럴 수도 있다는 생각이 들었다.

"하긴, 상대가 천하의 장권호였으니 내상을 입었겠지요. 주제넘게 나섰다가 험한 꼴을 당한 거니 누구를 탓할 수도 없겠네요. 전횡이야 그렇다 쳐도 당 선배가 죽었다니…… 당가에서 어떻게 나올지 참으로 궁금하네요."

"슬퍼하겠지. 하지만 잘 죽었다고 생각하는 사람이 더 많을 거야."

추소려의 말에 추소령은 가만히 고개를 끄덕였다.

당가의 입장에서 보면 이번 일에 당위가 나섰다는 것 자체가 부끄러운 일이 될지도 모른다. 스스로 정파라 자처하는 당가였기에 요즘 화제가 되고 있는 장권호를 수정궁과 합심하여 공격했다는 소리는 듣기 싫을 것이다. 그렇기 때문에 철저히 숨기려 들 것이 분명했다.

"궁으로 돌아가야겠어요."

추소령이 금창약을 다 바르자 한쪽에 앉으며 말했다. 추소려는 그녀의 말에 그저 고개만 끄덕였다. 지금은 아무것도 할 수 없다는 것을 잘 알기 때문이다.

물으로 올라온 장권호는 물에 젖은 몸을 털고 앉았다. 지친 듯 그는 깊은숨을 몇 번 내쉬며 호흡을 골랐고 곧 그의 옆으로 물에서 기어 올라오는 남궁명이 있었다.

"허억! 허억!"

장권호의 옆으로 다가온 남궁명은 자리에 털썩 주저앉으며 거친 숨을 몰아쉬었다. 서영아도 곧 모습을 보였고 그녀는 장권호의 옆으로 다가와 앉으며 깊은숨을 내쉬었다.

"힘드네요."

둘의 그 모습에 남궁명은 연신 거친 호흡을 내뱉다 고개를 저었다.

"허억! 허억! 내 살다 살다 허억, 장강을 이렇게 건너기는 처음이오, 허억! 허억!"

"그럼 이런 일이 두 번 있겠어요? 저희도 처음이에요."

남궁명은 서영아의 말에 마음 같아서는 한 대 때리고 싶었지만 힘이 모자라 그러지도 못했고, 말이라도 하고 싶었지만 지친 육신은 그를 풀어 주지 않았다.

벌러덩!

"힘들어서 못 가겠다."

남궁명이 바닥에 대자로 누워 호흡을 고르자 서영아가 아미를 찌푸렸다.

　"사내대장부가 강 좀 건넜다고 나가떨어지다니, 수련은 멋으로 한 모양이군요?"

　"내가 멋으로 수련한 게 아니라, 허억허억, 아무렇지도 않은 두 사람이 이상한 것이오! 휴우……."

　남궁명이 깊은숨을 내쉬며 미간을 찌푸렸다.

　"조금 쉬었다 가자."

　"네."

　장권호의 말에 서영아는 다소곳이 대답하고 옆에 붙어 앉았다. 그 모습에 남궁명은 다시 한 번 미간을 찌푸렸다.

　'여우 같은 년.'

　문득 든 생각이었다. 함께 긴 시간 여행을 하다 보니 조금은 가까워진 상태였고 그러다 보니 전에 비해 서영아의 존재가 멀게만 느껴지지는 않았다. 하지만 여전히 장권호의 존재는 부담스러웠다.

　"체력이 바닥났으니 어디 가서 밥이나 먹읍시다."

　남궁명이 앉으며 말하자 장권호와 서영아가 자리에서 일어섰다.

　"그게 좋겠어."

　장권호의 말에 서영아가 앞장서며 남궁명에게 말했다.

　"뭐 해? 빨리 와!"

서영아의 말에 남궁명은 다시 한 번 깊은숨을 내쉬며 자리에서 어렵게 일어나 천천히 그들의 뒤를 따라갔다.

허름한 객잔에 방을 잡고 앉은 장권호와 남궁명은 식탁 앞에 앉아 있었다. 서영아가 잠시 식사를 주문하기 위해 내려갔기 때문에 둘만 앉아 있게 되었고 상당히 어색한 분위기가 형성되어 있었다.

"이곳에서 남궁세가는 어느 정도 거리에 있나?"

먼저 입을 연 것은 장권호였고 그의 물음에 남궁명이 대답했다.

"삼 일 정도 가면 될 것이오. 미리 사람을 보냈으니 마중 나오는 사람들이 있을지도 모르겠소."

남궁명의 대답에 장권호는 차를 따라 마시며 고개를 끄덕였다. 그 모습에 남궁명이 궁금한 표정으로 물었다.

"그런데 장 형은 왜 다른 세가도 아닌 본가를 다음 비무로 택한 것이오?"

"장강을 건너면 가장 먼저 들리는 소리가 남궁세가의 일이었네. 남궁세가의 일을 듣게 되지."

장권호의 말에 남궁명은 미미하게 고개를 끄덕였다. 이해가 되는 말이기도 했기 때문이다.

강남에서 가장 유명하고 가장 화제가 되는 곳이 있다면 단연 남궁세가일 것이다. 그것은 자부심이기도 했고 자랑이

기도 했다.

하지만 그 자랑이 무서운 적을 불러들이는 일이 되었다. 그것을 알기에 남궁명은 좋으면서도 마음에 들지 않았던 것이다.

"장 형의 발을 남궁세가가 멈추게 했다면 그것은 본가의 영광이 될 것이오."

"그렇겠지."

장권호는 선선히 고개를 끄덕였다. 그러자 남궁명이 다시 말했다.

"본가에서 장 형의 발을 멈추게 한다면 지금과는 비교할 수 없을 만큼 큰 성세를 맞이할 것이오."

"그러기를 바라네."

장권호의 미소 띤 대답에 남궁명은 눈을 반짝이며 차를 따라 마셨다. 목이 답답했기 때문이다. 이유가 있다면 장권호의 무공 때문일 것이다. 그의 무공은 분명 현 강호에서 따라갈 수 없을 만큼 저만큼 앞서 나가고 있었기 때문이다.

'파훼법이라도 있다면……'

문득 든 생각이었다.

"그런데 수정궁에서 장 형을 잡으러 나올 줄은 상상도 못 했소이다."

"나 역시 같은 생각이네."

"수정궁의 그 요녀들이 어떻게 여기까지 내려왔는지 모르겠소…… 거의 불가능한 일인데 말이오."

남궁명은 수정궁에서 이곳까지의 거리와 그녀들의 유명세를 생각해 볼 때면 분명 오기 힘들 거라 여겼다. 그녀들의 얼굴도 꽤 알려진 상태였고 정파에서도 수정궁과 원한이 있는 곳이 많았기 때문이다. 또한 수정궁이 이곳까지 내려온 일도 거의 없었다.

"누군가 아니면 중원에서 그녀들이 이곳까지 오는 동안 모르는 척했겠지."

장권호의 말에 남궁명은 안색을 바꿨다. 장권호가 다시 말했다.

"나를 죽이기 위해 가는 거라면 막을 이유가 없지 않겠나?"

"음……."

남궁명은 장권호의 말에 쉽게 대답하지 못하였다. 중원을 이기기 위해 내려온 장권호였고 그런 그를 좋아하는 사람만 있는 게 아니기 때문이다. 운이 좋아 추 자매가 장권호를 죽여도 그건 중원의 입장에서 볼 때면 그 나름대로 좋은 일이었다.

"속단하지 마시오. 중원은 장 형과의 비무를 환영하고 있으니 말이오."

"환영한다면 고맙지만 내가 무적명의 이름을 가져간다고 했기 때문에 더더욱 견제하려는 사람들이 많을 것이네. 물론 예상한 일이지만 수정궁이 일은 예상 밖의 일이었네."

장권호의 말에 남궁명은 깊은 생각에 빠져들었다. 누가 그녀들이 중원 깊숙이 들어올 때까지 봐주었는지 궁금했기 때문이다.

'설마…… 삼도천……?'

그는 삼도천이라면 가능할 거란 생각이 들었다.

"당위도 그렇고…… 재미있는 경험이었소."

남궁명은 삼도천이 개입되어 있을지도 모른다는 생각이 들자 화제를 바꾸려는 듯 어색한 미소를 보이며 말했다. 그 말에 장권호도 더 이상 입을 열지 않고 차를 마셨다.

곧 서영아가 안으로 들어오며 말했다.

"식사는 준비되면 가지고 온대요. 그것보다 수정궁이 여기까지 올 줄은 몰랐네요."

"그 이야기는 이미 했소."

남궁명이 화제를 돌렸는데 다시 서영아가 화제를 가지고 오자 미간을 찌푸렸다.

그의 말에 서영아가 투덜거리듯 말했다.

"수정궁이 나타난 것이 놀랍다고 한 말이에요."

서영아는 그렇게 말을 한 후 팔짱을 끼며 아미를 찌푸린 채 남궁명을 노려보았다.

*   *   *

방 안에 앉아 있던 공천자는 책을 보다 양청이 급한 발걸음으로 들어오자 책을 덮고 시선을 들었다. 책의 제목은 '신검록'으로 적혀 있었으며 양청이 보면 안 되기 때문에 그 위에 다른 책을 올려놓았다.

"양청입니다."

"들어와."

공천자의 부름에 양청은 공손한 자세로 들어와 섰다.

"보고드립니다."

"그래, 말해 보게."

"수정궁의 추 자매가 실패를 했다고 합니다. 화약은 모두 소실되었지만 장권호를 비롯한 시비와 남궁명도 모두 살았다고 합니다."

"쯧."

공천자가 양청의 말에 혀를 가볍게 찼다.

상당히 아쉬운 표정이었다. 미간에 주름을 한 차례 찡그린 공천자가 곧 수염을 쓰다듬으며 말했다.

"어차피 크게 기대하지는 않았으니 나쁜 소식이라고 볼 수도 없겠군."

"뒤처리는 확실히 했기 때문에 문제는 없을 것으로 보입니다."

"잘했어."

양청의 말에 공천자는 고개를 끄덕였다.

"그래도 아쉽군…… 물에 빠져 죽어 주면 참 좋을 텐데 말이야……."

공천자는 짧은 숨을 내쉬며 정말 아쉬운 표정을 보였다. 장권호가 장강에 빠져 죽었다면 중원도 더 이상의 걱정은 없었을 거라 여겼기 때문이다.

"천주는 뭐 하고 계신가?"

"항주에서 뱃놀이를 즐기시고 계시다 들었습니다."

"참…… 이런 상황에서 한가하게 뱃놀이라니…… 자기 목을 조이기 위해 찾아오는 것을 뻔히 알면서 말이야……."

공천자는 천주의 행동에 혀를 차며 고개를 저었다.

장권호의 목적은 무적명이 가지고 있는 명예였고 그 명예는 천주가 가지고 있었다. 지금까지 중원과 싸워 온 어떠한 적보다 강한 적이 눈앞에서 다가오는데 긴장한 모습이 어디에도 없어 보였다. 장권호가 오는데도 천주는 여유롭게 시간을 보내고 있다 하니 밑에 있는 공천자는 그저 답답할 지경이었다.

양청도 조금은 답답한 표정으로 말했다.

"천주님께서는 장권호를 너무 가볍게 보는 것 같습니다."

양청의 말에 공천자는 말없이 고개만 조용히 끄덕일 뿐이었다. 양청의 마음을 이해 못 하는 것이 아니기 때문이다. 공천자가 생각난 표정으로 물었다.

"천 내의 분위기는 어떤가?"

"모두들 장권호의 목적지가 남궁세가라 하니 다음은 분명 이곳이라 수군거리고 있습니다. 전에도 삼도천을 휘저은 그였기 때문에 그리 좋은 분위기는 아닙니다. 일부 강경파 사람들은 그를 죽여야 한다고 생각합니다."

"그렇군…… 그렇겠지…… 허나 대의명분이 없는 이상 그를 건들지도 못하니…… 거기다 섣불리 건드렸다가 오히려 우리가 당할 수도 있는 입장이네. 천하의 삼도천에서도 쉽게 건들지 못할 정도로 그자의 무공은 뛰어나네. 그 점을 잊지 말라고."

"예."

"개방은 어떤가? 그놈들의 입을 좀 막아야 하는데 도통 말을 듣지 않으니 말이야?"

"개방주는 여전히 만나기를 피하고 있습니다. 그리고 개방에서 입을 막는다 하여도 워낙 식구들이 많다 보니 모두의 입을 막지는 못한다고 하였습니다."

"결국 자기들 마음대로 하겠다는 뜻이로군. 고얀 놈들……."

공천자가 살짝 안색을 붉히며 살기를 보이다 곧 안정을 찾은 뒤 손을 들었다.

"알았으니 이만 가보게."

"예."

"다른 소식이 들어오면 바로 알리고."

"알겠습니다."

양청이 대답과 함께 물러가자 공천자는 곧 좀 전에 덮어두었던 신검록을 펼쳐 다시 읽기 시작했다.

장권호의 일도 일이지만 지금은 신검록이 가장 우선이었다. 신검록을 읽을 수 있는 기회는 그리 흔하지 않았기 때문이다.

지금 시간을 허비하면 두 번 다시 신검록을 읽지 못할지도 모른다. 그렇기 때문에 다른 일에 조금은 소홀할 수밖에 없었다.

항주의 아름다운 서호에 떠 있는 작은 배에는 무천자와 함께 삼도천의 천주이자 천하제일이라 불리는 유영천이 낚싯대를 드리우고 있었다.

둘은 따가운 햇살을 피하기 위해 방립을 쓰고 있었으며 며칠 동안 집에도 안 들어간 듯 허름한 옷차림에 뱃전에는 다 마신 술병들이 나뒹굴었다.

"잉어 한 번 낚기 상당히 힘들군그래."

"벌써 이틀 동안 잉어는 낚지도 못하고 붕어만 낚고 있습니다."

유영천이 대답하자 무천자가 다시 말했다.

"내기만 아니라면 벌써 포기했을 텐데 그놈의 내기가 뭔지.

아무튼 먼저 잉어를 낚으면 한 수 가르쳐 주는 것으로 해야 하네."

"물론이지요. 선배님도 무공 하나를 가르쳐 줘야 합니다."

"물론이지."

무천자가 기필코 이기겠다는 신념 어린 표정으로 대답했다. 그때 그의 낚싯대가 움직이자 무천자의 눈동자에 섬광이 어렸다.

"걸렸다."

무천자가 중얼거리며 낚싯대를 힘주어 잡을 찰나였다.

"어르신들! 저 왔습니다!"

얼마 떨어지지 않은 곳에서 빠르게 다가오는 쾌속선이 있었고 그 안에는 거지 한 명이 손을 흔들며 소리쳤다. 그 소리에 낚싯대를 놓친 무천자의 표정이 싸늘하게 굳어졌다.

"이게 잉어였을지도 모르는데…… 감히……."

"진정하십시오."

유영천의 말에 무천자는 미간을 찌푸리며 신경질적인 표정을 보이고 고개를 돌렸다. 곧 옆으로 다가온 쾌속선에서 뛰어내린 개방의 강동 총타주인 서력은 함박웃음과 함께 술병을 들어 보이며 앉았다.

"여기 술과 음식들을 좀 가지고 왔습니다."

"놓고 가게."

무천자가 심술 난 표정으로 말하자 서력은 그 한기에 경직

된 표정으로 눈을 크게 뜨며 유영천을 바라보자 유영천이 미소를 보이며 손을 저었다.

"좀 전에 자네가 나타나 붕어를 놓쳐 그런 것이니 신경 쓰지 말게나. 그래, 오늘은 무슨 소식을 가지고 온 건가?"

"물론 장권호에 대한 소식이지요."

"말해 보게."

서력의 말에 흥미를 보인 유영천이 묻자 서력은 곧 빠르게 말했다.

"얼마 전 장권호가 장강에서 한바탕 싸웠다고 합니다. 상대는 수정궁이라는 소리도 있는데 아무튼 장권호를 수장시키기 위해 장강 위에서 싸웠다고 합니다. 거기다 배에는 화약을 가득 실었는데 천 근 이상은 될 거라는 소문이 있습니다. 결국 무력으로 안 되자 화약으로 배를 터트린 모양입니다. 물론 아무도 다친 사람은 없다고 들었습니다."

"그런가? 재미있는 일이군."

유영천의 대답에 서력이 다시 말했다.

"저희가 따로 조사한 바로는 수정궁이 거의 확실한 모양입니다."

"수정궁이 장강을 건너려 했다라…… 또 없나?"

"그게 다인데요."

서력의 대답에 유영천은 고개를 끄덕이며 손을 저었다.

"알았으니 자네도 그만 일을 보게나. 우린 내기가 아직 안 끝나서 말이네."

"아직도 안 끝났습니까?"

"그래."

"고 잉어 새끼 한 마리 잡는 데 도대체 며칠을 보내시는 것인지, 원…… 어린애가 잡아도 금방 잡히는 놈을…… 무림 최고의 고수라는 두 분이…… 죄송합니다. 가겠습니다."

말을 하던 서력은 무천자와 유영천의 차가운 눈빛에 기겁하고 후다닥 일어나 쾌속선으로 옮겨 타고 빠르게 사라졌다.

그 모습에 무천자가 말했다.

"수정궁이 내려왔다고?"

"그런 모양이네요."

"거기다 화약이라…… 화약은 수정궁이 쉽게 구할 수 있는 물건도 아닌데…… 누군가 협조를 한 모양이야. 배에다가 화약까지 전해 줄 정도로 큰 힘이 있는 곳이라면……."

무천자는 말을 하다 시선을 돌려 유영천에게 물었다.

"공천자는 무엇을 하고 있나? 요즘 통 소식이 없군 그래."

"지금 강호의 일에 크게 신경 쓰지는 못할 겁니다."

"그래? 무슨 이유라도 있는가?"

궁금한 표정으로 묻는 무천자의 표정을 본 유영천은 살짝 미소를 보이며 대답했다.

"잠시 '신검록' 원본을 빌려 주었거든요."

그의 말에 무천자가 놀란 표정을 보이다 무릎을 치며 크게 웃었다. 신검록은 본다고 해서 익힐 수 있는 그런 무공서가 아니었기 때문이다.

"하하하하하! 재미있군, 재미있어…… 공천자가 눈이 빠지게 신검록에 몰두하고 있겠군그래, 하하하하!"

방 안에 앉아 있던 남궁호성은 불안한 마음에 자리에서 일어나 서성였다. 지금까지 오랜 시간을 살아온 것은 아니지만 나름대로 후회 없는 삶을 살았다고 생각하는 그였다. 남궁세가에서 태어나 지금까지 살아왔기에 큰 근심이나 걱정 없이 무난하게 인생을 살아왔다고 할 수 있었다.

그런 그의 삶에 큰 위기는 사실 거의 없었다. 남궁세가라는 힘이 그의 어깨 뒤에 있었고 자연스럽게 고수의 반열에 오를 수 있는 수련도 할 수가 있었다.

거기다 강호의 명가라 불리는 남궁세가의 피를 이어받았으니 뛰어난 재능도 있어 젊은 시절부터 주목을 받으면서 살아왔다. 그의 인생에 큰 위기라면 구주성과의 전투일 것이다. 그것을 제외하면 그에게 큰 위기는 거의 없었다고 봐야 했다.

방 안을 서성이던 남궁호성은 창밖으로 보이는 사람의 모습에 표정을 바꾸고 다탁 앞에 앉아 차를 마셨다.

"아버님."

"령이 왔구나."

맑은 목소리와 함께 내실로 들어온 사람은 그의 사랑스러운 딸 남궁령이었다. 남궁령은 남궁호성의 맞은편에 앉으며 밝은 미소를 보였다.

"그래, 무슨 일로 이렇게 일찍부터 왔느냐?"

남궁호성의 물음에 남궁령은 배시시 웃으며 말했다.

"다른 게 아니라 오라버니 마중 나가는 데 제가 가면 안 될까 해서요."

"이유라도 있느냐?"

남궁령이 평소와 달리 애교 있는 표정을 보이자 남궁호성은 그것이 뭔가를 바랄 때 보이는 표정이란 것을 알고 있었다. 그렇기 때문에 어떤 부탁을 할지 궁금했었는데 의외의 말에 신경이 쓰였다.

거기다 남궁령과 남궁명은 남매지만 그리 친한 사이도 아니었다. 오히려 차남인 남궁정과 더욱 돈독한 사이였기에 물은 것이다.

남궁호성의 물음에 남궁령은 정말 가고 싶다는 표정으로 대답했다.

"장 소협과는 전에도 본가에 머물면서 친분을 쌓았기 때문에 명 오라버니보다 제가 있는 게 그나마 덜 어색할 것 같아서요."

"관심이 있는 모양이구나?"

"그것도 부정은 못 하겠어요."

남궁호성의 의미 있는 물음에 남궁령은 살짝 안색을 붉히며 대답했다. 조금은 고민이라도 하는 표정을 보였으면 좋은데 고민조차 없는 대답이었다.

"관심이 없다면 강호인이 아니겠지…… 하지만 너무 큰 관심을 가지지는 말거라. 그는 나와 싸우기 위해 오는 사람이니 말이다."

"네, 아버님."

남궁령이 남궁호성의 말에 정색하며 대답했다.

남궁호성은 차를 마시며 가벼운 미소를 입가에 걸고는 다시 말했다.

"네게는 미안하구나. 네 부탁은 들어줄 수가 없을 것 같다."

"네? 왜요?"

"새벽에 정아가 먼저 마중 나갔기 때문이다."

"헉! 정 오라버니가 나가다니……."

남궁령은 남궁정을 떠올리며 아미를 찌푸렸다. 그러자 남궁호성이 다시 말했다.

"행여 뒤따라갈 생각은 말거라. 오늘 저녁에 손가의 사람들이 오니 말이다. 네가 좋아하는 손가의 여식도 올 테니 여기에 있거라."

남궁호성의 말에 남궁령은 아미를 찌푸리며 자리에서 일어섰다. 볼일은 다 봤으니 일어나야 했고 손지우가 온다는 말에 경쟁 상대가 한 명 늘었다는 것에 기분이 나빠진 것이다.

그녀와 손지우는 알게 모르게 서로를 의식하는 사이였다.

"알겠어요. 방에 있을게요. 그럼 저는 이만 물러가지요."

"그래."

남궁령이 자리에서 일어나 밖으로 나가자 남궁호성은 짧은 숨을 내쉰 뒤 고개를 저었다. 곧 남궁철이 방 안에 모습을 보였다.

남궁철이 들어오자 남궁호성은 눈을 반짝였다. 수련관에서 이렇게 나온 이유도 남궁철의 보고 때문이었다.

"알아보았느냐?"

"예. 명이와 장 대협을 공격한 무리들이 수정궁인 것으로 밝혀졌습니다."

"수정궁…… 놀랍군."

남궁호성은 의외의 대답에 눈을 반짝였다. 수정궁이 장강의 중류까지 내려오는 일은 극히 드물었기 때문이다.

"사람들은?"

"다행히 모두 무사하다고 합니다. 곧 명이가 보낸 소식이 도착할 것입니다."

"그래…… 다행이군, 다행이야…… 그런데 어떻게 수정궁이 올 수 있었을까? 그 일 좀 조사를 해 주게나."

"예. 분부대로 하지요."

"배가 터졌다고 하면 분명 화약이 실려 있었을 것이고 상당히 많은 양이 될 테니 어디에서 나온 건지도 파악해 주게나.

장권호를 죽이려 한 일이라고 하지만 본가의 명이도 그 배에 타고 있었네. 이는 본가에 대한 공격이라고 봐야겠지. 그 부분은 확실하게 조사를 하게나."

"알겠습니다."

"그리고 어떻게 수정궁이 내려왔는지…… 그것도 조사하게. 수정궁이 쉽게 내려올 정도로 장강은 허술한 곳이 아니네."

"예."

"그만 가보게. 나는 수련관으로 다시 들어가지. 손님들이 도착하면 잘 안내해 주고 당분간 나오지 않을 테니 알릴 일이 있으면 수련관으로 오게나."

"그렇게 하지요. 너무 걱정하지 마시고 수련에 전념하시기 바랍니다."

남궁철의 말에 남궁호성은 고개를 끄덕이며 자리에서 일어섰다. 남궁철도 일어나 인사를 한 후 밖으로 나갔다.

그가 나가자 남궁호성은 미간을 찌푸리며 생각에 잠기다 곧 발걸음을 수련관으로 돌렸다.

제3장
다시 만난 사람들

　지금 강호의 사람들은 누가 과연 천하제일의 고수인지에 대해 끊임없이 떠들고 있었다. 그 전에는 그저 당연히 십대고수들이 천하제일이라 생각하고 떠들었으나 이제는 그 위치에 대해 심도 있는 대화들이 오갔으며, 무수히 많은 이야기들이 새롭게 생겨나고 있었다.

　장백파에서 내려온 장권호에 대해 좋게 보는 사람도 있지만 나쁘게 보는 사람들도 존재하고 있었다. 그들은 장권호가 중원의 문파가 아닌 세외의 이민족이란 사실 하나만으로도 적대감을 가지고 있는 사람들이었다.

　"손님으로 맞이한다는 게 가당키나 한 일인가? 그자는 우리 한족이 아니라 고려인이네. 그런 자를 손님으로 맞이한다면 웃음거리가 될 것이야."

절강손가의 가주인 손태호의 동생 손위정이 술잔을 들어 올리며 말했다.

그는 사십 대 중년인으로 가주인 손태호에 비해 큰 덩치에 우람한 체구를 자랑하고 있었다. 그의 앞에는 남궁세가의 총 관인 남궁철이 앉아 있었고 옆에는 제갈세가의 제갈현이 앉 아 있었다. 구주성과의 일전 때 모습을 보였던 그는 오랜만 에 다시 남궁세가에 얼굴을 내밀었다.

"성품은 좋다고 들었습니다."

제갈현의 말에 손위정이 미간을 찌푸렸다.

"제갈 형은 그자가 마음에 드는 모양이오?"

"마음에 들고 안 들고의 문제가 아닌 것 같소. 그리고 그 자를 모르는데 제가 어떤 평가를 내리겠소이까? 단지 이민족 이란 이유만으로 그자를 욕하는 것은 옳지 못한 일인 것 같 소이다."

제갈현이 술을 한 잔 마시며 미소를 보였다. 그러자 손위 정이 조금은 불쾌한 표정을 보이며 수염을 쓰다듬었다.

제갈현의 말이 마음에 들지 않은 것이다. 그렇다고 화를 내지는 않았다. 제갈현의 말이 틀린 말은 아니기 때문이다.

제갈현이 시선을 돌려 남궁철을 바라보며 물었다.

"그런데 그자는 아직 안 온 모양입니다?"

"오늘 저녁에 도착할 예정이라 하니 곧 오겠지요."

"남궁세가로 간다는 소식에 솔직히 부러우면서도 안도할 수밖에 없었소이다. 이해하시오."

제갈현이 다시 말하자 남궁철은 미소를 보이며 고개를 끄덕였다. 제갈현의 말이 무슨 뜻인지 잘 알기 때문이다.

장권호가 제갈세가로 안 가고 남궁세가로 간다는 것은 그만큼 남궁세가를 인정해 준다는 뜻이었고 그 점이 부럽다는 것이었다. 하지만 한편으로는 자신의 세가에 안 들렀다는 것에 안도할 수밖에 없었다.

장권호와 싸워 이길 자신이 없었기 때문이다.

하지만 남궁세가의 남궁호성이라면 이길 가능성이 충분하다고 생각하였다. 손위정도 제갈현의 말에 입을 열었다.

"우리는 그저 부러울 뿐이오. 장권호가 남궁세가로 간다는 그 사실 하나만으로도 남궁세가의 위명이 높아지지 않았소이까? 그자가 싫지만 분명 화제의 인물이고 그만큼 대단한 무인이 분명하오."

손위정도 장권호의 무공에 대해서는 인정한다는 듯 말을 하였다.

"그런데 가주님께서는 자신 있다 하시오?"

"물론이오. 장권호는 이곳에서 패배할 것이오."

제갈현의 물음에 남궁철이 굳은 표정으로 대답했다. 상당히 민감한 부분을 제갈현이 물었기 때문이다.

"제갈 형은 승부에 대해 크게 걱정하는 모양이오?"

남궁철의 물음에 제갈현은 손을 저었다.

"실례되는 물음을 던져서 죄송하오. 단지 장권호가 중원에서 더 이상 돌아다니지 않기를 바라기 때문에 물은 것이었소."

"그가 이민족이란 사실에 대해 제갈 형도 인정은 하는 모양이오."

"그의 성품이나 무공은 인정해도 근본적인 부분은 인정하기 어려운 것도 사실이오. 아무리 그자를 인정하고 좋아한다 하나 그자를 진심으로 응원하는 중원 무림인은 없을 것이오."

제갈현의 말에 모두들 수긍하는 듯 고개를 끄덕였다.

"그런데 과연 장권호는 무적명의 명성을 가져갈 수 있을 것 같소?"

손위정이 술을 한 잔 마신 뒤 묻자 제갈현과 남궁철의 표정이 굳어졌다.

남궁철은 침음을 흘린 뒤 천천히 입을 열었다.

"무적명은…… 아무리 장권호가 대단한 무인이라 해도 넘지 못할 것이오. 무엇보다 본가를 넘어야 하지 않겠소?"

남궁철이 의미심장한 미소를 보이며 말하자 제갈현이 고개를 끄덕였다.

"장권호의 목적이 무적명이라 하나 만날 수나 있겠소? 남궁 형의 말처럼 어려울 것이라 생각하오."

"나는 장권호가 감히 무적명을 언급했다는 것이 매우 불쾌하오. 천하제일이 되고자 하는 사람은 많으나 진정한 천하제일인은 없소이다. 하지만 무적명의 명성은 존재하고 있소. 그리고 지금의 무적명도 그 명성에 걸맞은 인물이라 들었소이다. 허나…… 남궁 형의 말처럼 그자는 남궁세가부터 넘어야 할 것이오. 물론 넘지 못하겠지만……."

손위정은 자신의 손가가 장권호의 앞길을 막지 못한다는 사실이 아쉬우면서도 남궁세가가 부럽다는 생각도 들었다. 그의 그런 복잡한 마음이 표정에서 나왔다.

남궁령의 방 안에는 오랜만에 얼굴을 보인 손지우가 앉아 있었다. 그녀와 함께 앉아 있는 남궁령은 차를 마시며 창밖으로 시선을 던지고 있었다.

"언니가 올 거라고 생각했는데 정말 왔네요."

"시집이나 갈까 하다가 마음에 드는 사내놈을 만나지 못하자 아버님이 이리 보낸 거지. 혹시라도 만나기를 기대하면서 말이야."

"만날 수 있을 것 같나요?"

"글쎄…… 만나기는 하겠지만 마음에 드는 사내는 벽이 너무 높아서 어려울 것 같아."

그 말에 남궁령의 눈빛이 번뜩였다. 손지우가 말하는 사내가 누구인지 짐작되었기 때문이다.

"그 사내가 장 소협을 말하는 거군요?"

"장 소협은 강호의 무인 집안에서 태어난 여자라면 누구나 한 번쯤 생각해 볼 사내가 아닐까? 키 크지, 무공도 고강하지, 거기다 외모도 그 정도면 준수한 훈남이잖아? 무엇보다 그는 현 강호에서 누구도 따라가기 힘들 만큼 강한 사람이니까."

손지우가 당연하다는 듯 말하자 남궁령은 너무 솔직한 그녀의 말에 한말을 잃었다는 듯 아미를 찌푸렸다.

"문제는 내가 아무리 마음에 들어 한다 해도 장 소협이 나를 안 본다는 게 문제겠지?"

말을 하는 손지우는 웃음을 보이며 차를 마셨다. 그녀의 말에 남궁령도 고개를 끄덕였다.

"확실히…… 그렇군요."

"사내로 보면 완벽한 사람인데…… 한 가지 치명적인 단점도 있어."

"그게 뭔가요?"

"고려인이란 사실이야."

손지우의 말에 남궁령은 잠시 자신이 그 점을 잊고 있었다고 생각했다. 장권호의 무공과 비무에 대한 소문만 듣다 보니 정작 중요한 사실을 빼먹은 것이다.

손지우가 씁쓸한 표정으로 다시 말했다.

"우리 집안은 그를 싫어해. 그가 한족이었다면 두 손 들고

x

환영하겠지만 고려인이기 때문에 무시하고 있지. 천한 민족이라고 말이야."

"이해해요. 저도 처음에는 그렇게 생각했으니까……."

손지우의 말에 남궁령은 고개를 끄덕이며 짧은 숨을 내쉬었다.

"그자와 이어진다 해도 집안에서 반대할 것이 너무 눈에 보여 좋다가도 걱정을 하지. 혼자 헛물만 마시고 있지만 말이야."

손지우가 웃으며 다시 말하자 남궁령이 소리 내어 웃었다.

손지우가 그런 상상을 했다는 것이 의외였고 믿어지지 않았지만 재미도 있었기 때문이다.

남궁령이 눈을 반짝이며 말했다.

"그냥 떠나면 되잖아요? 장 소협과 함께 장백산으로 가는 것도 좋을 것 같은데요? 저라면 그냥 떠날 것 같아요. 물론 부모님은 슬퍼하겠지만 제가 좋은데 무슨 상관이에요."

남궁령의 말에 손지우는 고개를 저었다.

"그것도 나쁘지는 않지만 그렇게 쉬운 문제도 아니야. 그런데 우린 너무 쓸데없는 상상을 하는 것 같구나."

"그러네요, 호호!"

남궁령이 다시 한 번 소리 내어 웃었다.

"소문을 듣자 하니 장 소협은 하녀도 한 명 데리고 다닌다고 하는데 특별한 관계는 아니겠지?"

"글쎄요…… 저도 그 소문은 들어서 알고 있어요. 들리는 소문에는 특별한 관계는 아닐 거라는 말이 지배적이에요."

남궁령의 말에 손지우는 고개를 끄덕였다. 하지만 그건 어디까지나 여자의 입장에서 보는 소문일 뿐이었다. 거기다 그런 소문은 대체적으로 남자들의 입에 오르내리는 소문이 아니었고 여자들의 입에서 흘러나오는 소문들이었다.

"거기다 요즘 장 소협을 따르는 여자들이 많이 늘어나고 있다는 소문도 돌고 있어요. 강북에서는 절대적인 인기를 누리고 있던 풍운회주를 이겼잖아요? 그 여파가 상당히 컸던 모양이에요. 그 인기 많고 배후자 후보 일 위였던 풍운회주가 졌으니 강호의 여자들이 당연히 장권호를 의식하지 않겠어요?"

"하긴…… 그렇지……."

"거기다 강남에서는 저희 오라버니가 그나마 인기를 누리고 있었는데 워낙에 실력 차이가 많이 나는 젊은 고수들로 인해 요즘은 시들해진 느낌이에요. 전에는 하루에 몇 번씩 오라버니의 소식을 묻는 젊은 처녀들이 있었는데 그것도 뜸하다고 하네요."

"호호호! 그랬구나. 남궁 소협의 명성은 여전히 드높은데, 태양빛에 가린 촛불 같은 신세라고 해야 하겠네?"

손지우가 웃으며 말했다.

"그렇다고 봐야지요."

남궁령이 웃음을 보이며 고개를 끄덕였다. 같은 남매라고 하지만 남궁령은 남궁명을 썩 좋아하지는 않았기 때문이다.

　그 사이를 잘 아는 손지우였기에 남궁명에 대한 험담을 가끔 하기도 했다. 손지우도 남궁명과 친하게 지내고 호형호제하는 자신의 오라버니인 손원과는 사이가 좋지 않았기 때문이다.

　"그런데 명 오라버니와 장 소협이 함께 온다고 들었는데, 사이가 안 좋다고 들었는데 괜찮을지 모르겠네?"

　"정 오라버니가 갔으니 별문제는 없을 거예요. 그리고 문제가 있었다면 함께 장강을 건너왔겠어요? 아무 일도 없겠지요."

　남궁령의 말에 손지우가 미소를 보였다.

＊　　　＊　　　＊

　포양호변을 천천히 달리고 있는 마차는 남궁세가의 깃발을 휘날리고 있었으며 그 주변으로 십여 기의 말들이 호위하듯 따라가고 있었다. 남궁세가에서 이토록 많은 무사들이 마차를 호위하기 위해 나온 것으로 보아 분명 중요한 사람이 마차 안에 타고 있는 것이 확실했다.

　"세가의 정예라는 내성각의 호위무사들을 데려오다니, 급하긴 급했던 모양이구나?"

남궁명은 옆에 앉은 남궁정에게 미소를 보였다.

"형님이 습격을 당했다는 소식을 듣고 놀란 세가의 어르신들이 보낸 겁니다. 저 역시 걱정했구요."

"그래? 네가 걱정을 다 하다니, 내 실력도 이제는 네가 걱정할 정도가 된 모양이군."

남궁명의 말에 남궁정은 입을 닫았다. 그 모습을 보고 있던 서영아는 남궁명과 남궁정의 그 모습에 둘이 그리 친한 사이는 아니라고 생각되었다.

"두 분은 사이가 좋아 보이네요."

서영아의 말에 남궁명은 미간을 찌푸렸고 남궁정은 애써 태연하게 어색한 미소를 보였다.

서영아는 자기 때문에 마차 안의 분위기가 무겁게 가라앉자 무슨 말을 해야 할지 몰라 긴장한 표정을 보였다.

"형제니까 사이가 좋은 편이오."

남궁명이 아무렇지도 않게 담담한 목소리로 대답했다. 그의 대답을 끝으로 한동안 입을 여는 사람은 없었다.

장권호는 창밖의 풍경을 바라보며 생각에 잠겨 있었다. 과거에 이곳을 지난 기억이 있었고 그 당시에는 혼자였다는 생각도 들었다. 그리고 남궁세가에 간 일도 떠올랐고 풍비의 모습도 생각났다.

풍비와는 악연이 있는 사이였기에 다시는 마주하고 싶지 않은 인물이기도 했지만 삼도천을 향하다 보면 만날 거라는 생각도 들었다. 그는 분명 자신에게 원한을 가지고 있는 인물이었기 때문이다.

남궁세가를 거쳐 삼도천으로 향할 생각이었기에 그에게 있어 남궁세가는 그저 지나가는 여행지 중 하나였다. 목적지는 삼도천이 있는 무이산이었다. 하지만 남궁세가에서 멈출지도 모른다. 남궁세가주의 무공은 소문보다 더욱 무서울 게 분명했기 때문이다.

"가주님은 잘 계시는가?"

"덕분에 잘 계십니다."

남궁정이 예의 있게 대답했다. 남궁명이 그 말에 고개를 저으며 말했다.

"눈에 보이는 겉치레로군. 잘 계시겠소? 아버님은 수련관에 들어가 있다 들었소이다. 장 형 때문에 지금 강남이 시끄럽소. 거기다 다른 세가들이 본가로 몰려오고 있다 들었소이다. 이번 비무 때문에 몰려오는 손님들도 많다 보니 많이 바쁜 모양이오."

"그런가? 나 때문에 꽤 시끄러운 모양이네."

"그걸 말이라고 하시오. 전에도 말했지만 장 형은 분명 본가에서 패할 것이오."

남궁명은 퉁명스럽게 대답하고 시선을 창밖으로 돌렸다. 그 모습에 남궁정이 조금 미안한 표정으로 다시 말했다.

"형님의 설명처럼 지금 세가가 시끄러운 편이지만 그래도 분위기가 나쁜 것은 아닙니다. 강남이 시끄럽다고 하나 축제 같은 분위기라 생각하십시오. 요 근래 강호에 이렇게 큰 비무는 없었기 때문에 화제도 되고 시끄러운 것입니다."

남궁정의 말에 서영아가 고개를 끄덕였다. 장권호가 그 말에 미소를 보였다. 자신의 생각처럼 강호에서 큰 거부감 없는 비무가 되었기 때문이다. 그리고 이 비무는 이제 천하제일을 논하는 비무가 되어 버린 형국이었다. 그렇게 소문을 만든 것도 그 시작은 개방이었고 장권호의 의도도 포함된 일이었다.

"화제가 되는 것도 좋은 일이지만 나로 인해 행여나 다치는 사람이 없었으면 좋겠군, 불미스러운 일이 일어나는 것도 썩 좋은 일은 아니네."

"장강에서의 일 말이오?"

남궁명의 물음에 장권호는 고개를 끄덕였다.

"확실히…… 장 형을 좋아하는 사람도 있겠지만 싫어하는 사람들도 분명 존재하고 있으니 그 점도 생각해야 할 것이오."

"알고 있네."

장권호는 담담한 표정으로 고개를 끄덕였다. 곧 그는 시선을 돌려 서영아에게 물었다.

"남궁세가의 무공은 어떤 특징이 있지?"

장권호가 앞에 남궁명과 남궁정을 앉혀 놓고 묻자 서영아는 조금 놀란 표정을 보였다.

남궁명과 남궁정도 놀란 표정으로 장권호를 바라보았다. 이렇게 대놓고 물어보는 것도 실례였기 때문이다.

그렇다고 직접 입으로 가르쳐 줄 수도 없는 입장이었다. 누가 자신의 무공에 대해 남에게 가르쳐 주겠는가? 거기다 장권호는 명백한 적이었다.

남궁명과 남궁정은 입을 다물었고 서영아가 말했다.

"특징이라면 강검(强劍)을 추구한다는 점이겠지요. 남궁세가는 대대로 바위처럼 단단한 무공을 구사하는 곳으로 유명했으니까요. 현제의 남궁세가주인 남궁대협은 용안검(龍眼劍)이라 불릴 정도로 대단히 뛰어난 무인이세요. 강남제일의 고수라는 세간의 평가는 거짓이 아니라고 생각해요."

"그 외에는 잘 모르는 모양이군?"

"강남은 사실 저도 잘 모르는 편이에요."

서영아가 미소를 보이며 대답하자 장권호는 고개를 끄덕이며 남궁명과 남궁정의 반응을 살폈다. 둘은 서영아의 말에 조금은 안도하는 표정을 보였다. 일반적으로 알려진 사실만 알고 있었기 때문이다.

남궁명이 이번에는 궁금한 표정으로 서영아에게 물었다. 좀 전에 장권호가 물었던 것처럼 서영아를 선택한 것이다.

"장백파의 무공은 어떤 특징이 있는지 물어도 되겠소?"

그의 물음에 서영아는 눈을 반짝이며 장권호를 쳐다보자 장권호는 말을 해도 상관없다는 듯 고개를 끄덕였다.

"제가 알고 있는 장백파의 무공은 그리 많지 않아요. 그렇기 때문에 전부라고 말할 수는 없어요. 단지 수박의 겉만 알고 있다 봐야지요."

"그래도 궁금하오."

남궁정도 서영아가 입을 열자 상당히 궁금한 표정으로 눈을 반짝이며 경청하려는 듯 보였다. 그의 말에 서영아가 다시 말했다.

"장백파의 무공은 대다수가 암경과 침투경으로 이루어진 내가중수법이에요. 겉보기에는 그저 단순한 초식들로 보이나 그 속에는 무서울 정도로 섬뜩한 내력이 갈무리되어 있지요. 그렇기 때문에 마주하는 상대들은 단순한 동작에 속아 막거나 뒤집으려다 내가중수법에 당하는 거예요. 실제로 풍운회주인 조 회주가 패한 원인도 내가중수법에 있어요. 조 회주는 장백파의 내가중수법에 대해 잘 모르고 있었기 때문에 강경하게 나오다 내상으로 패한 거예요."

"장백파의 내가중수법은 좀 특별한 모양이오? 조 회주의 무공은 이미 노화순청의 경지에 들었다고 알고 있소. 도강까지 구사하는 초고수가 내가중수법에 당해서 내상을 입었다고 한다면 그 말을 쉽게 믿겠소?"

남궁명의 물음에 서영아가 고개를 끄덕이며 그의 말에 동의를 하면서 대답했다.

"그 말도 일리 있는 말이에요. 그렇지만 제가 알기론 조 회주는 분명 내가중수법에 당한 것이고 그 전에는 귀문주도 그렇게 졌다는 사실이에요. 막고 싶어도 막을 수 없는 내가중수법이라 생각하면 될 거예요."

"그렇다면 장백파의 내공심법은 천하무적(天下無敵)이란 소리요?"

"그렇지는 않아요. 천하무적이 아니라는 사실은 삼도천에서 봤을 텐데요?"

"음……."

남궁명은 서영아의 시선에 침음을 흘리며 고개를 끄덕였다. 그리고 장권호를 압박하던 유영천의 모습도 떠올렸다.

"무적명……."

남궁명은 조용히 중얼거리며 눈을 반짝였다. 자신의 미래가 그 모습이어야 했기 때문이다.

남궁세가의 주변으로는 때아닌 장터가 생겨났고 수많은 사람들로 붐비고 있었다. 모두 장권호와 남궁세가주의 비무를 구경하기 위해 몰려온 사람들이었고 그들을 위해 장사하는 장사꾼들도 늘어나 있었다.

남궁세가가 문을 연 이후 이런 모습은 처음 있는 일로 남궁세가의 무사들이 백여 명이나 정문 밖을 지키며 순찰을 돌아야 했다. 행여나 사고가 생기면 모두 남궁세가의 책임이었기 때문이다.

사람들은 이번 비무에 대해 떠들었으며 내기 도박도 성행하고 있었다. 과거의 내기 도박에서 장권호에게 거는 사람은 극히 일부에 지나지 않았지만 지금은 내기에 돈을 거는 사람 절반이 장권호의 승리를 점치고 있었다. 그만큼 승부를 예측하기 어렵다는 평가였다.

해 질 무렵 남궁세가에 도착한 장권호는 환영하는 수많은 사람들과 인사를 나눈 뒤 보름 뒤로 비무 날짜를 정하고 별원으로 안내되어 들어왔다.

별원에는 일하는 시비들이 다섯 명 있었는데 모두 무공을 익힌 흔적이 보였으며 일을 하는 일꾼들도 모두 무공을 배운 사람들이었다. 거기다 담장 밖으로 경비를 서는 무사들도 이십여 명이나 서 있었다.

철통같은 호위였고 물샐틈없는 감시를 동시에 하고 있었다.

"예민하군."

의자에 앉으며 장권호가 중얼거렸다.

자신이 보기에 남궁세가는 필요 이상으로 자신의 호위와 감시를 동시에 하고 있었기 때문이다.

호위가 필요할 정도로 약한 사람도 아니었고 감히 그를 공격할 간이 배 밖으로 튀어나온 무리나 사람들도 없었다.

거기다 살수 조직도 그를 피하고 있는 현실에 누가 감히 그를 암습하거나 공격할 수 있을까? 현 강호에 그런 단체나 개인은 없을 것이다.

그런데도 남궁세가는 장권호를 보호해야 한다는 명목으로 경비무사를 붙였고 편의를 봐준다는 명목으로 시비들과 일꾼들을 붙여 놓았다.

이는 장권호의 모든 것을 감시하려는 의도가 분명했다.

그렇다고 욕할 수도 없었다. 남궁세가에 들어오는 순간 이미 비무는 시작되었기 때문이다.

"정리가 다 되었으면 그만 나가 보셔도 돼요. 필요하면 부를게요."

"예."

서영아가 방 안에서 나오며 말하자 시비들이 밖으로 조용히 나갔다. 그녀들이 모두 나가자 장권호의 맞은편에 앉은 서영아가 투덜거리듯 말했다.

"감시가 심해서 밖에 나가지도 못하겠네요."

서영아는 상당히 불만스럽다는 표정으로 말했다.

야간에 이 지역 하오문이나 개방을 찾아가 정보를 얻어 오려 했기 때문이다. 또한 남궁세가의 사람들과 다른 세가의 사람들이 어떤 밀담을 주고받는지도 알아야 했다.

하지만 이렇게 감시와 경비를 하게 되면 나가는 일도 쉽지 않았고 돌아오는 것 역시 어려웠다.

"여기에서 움직이지 말고 조용히 지내라는 뜻이다. 그러니 이번에는 나가지 말고 안에 있거라."

"알겠어요. 그렇게 할게요."

장권호가 가만히 있으라고 하자 서영아는 자신이 해야 할 일이 없어진 것에 실망한 표정으로 대답한 후 차를 마셨다.

한참 말없이 차를 마시던 서영아는 창밖을 쳐다보고 있는 장권호를 향해 입을 열었다.

"정말 여기까지 왔네요."

"……?"

서영아의 말에 장권호가 고개를 돌리자 서영아가 미소를 보이며 다시 말했다.

"무적명에게 다가가는 길이 험난하고 어려울 줄 알았는데 생각보다 수월하게 온 것 같아요. 여기까지 올 줄도 몰랐지만 너무 빨리 온 건 아닌지 걱정도 돼요."

"삼도천 때문이냐?"

장권호의 물음에 서영아는 고개를 끄덕였다. 누구보다 장권호를 힘겹게 했던 상대가 삼도천이었기 때문이다. 그리고 지금까지 모습조차 보이지 않고 있는 그들의 행동이 오히려 더 걱정스러웠다. 본래라면 중원을 어지럽힌다는 명목으로 모습을 보일 그들이었기 때문이다.

"삼도천이 수상해서요. 전과 달리 왜 그들은 우리의 앞을 막아서지 않았을까요?"

"때가 되면 모습을 보이겠지. 하지만 명분이 없는 이상 그들도 쉽게 움직이지는 못할 거다. 물론 명분을 만들고자 한다면 쉽게 만들겠지만 그러지는 않을 것 같구나."

"확실히……."

서영아가 고개를 끄덕이다 생각난 듯 물었다.

"그런데 정말 천주인 유영천과 싸울 건가요?"

"그러기 위해 나온 강호행이다. 새삼스럽게 왜 묻지?"

장권호의 물음에 서영아는 과거의 일을 떠올리며 말했다.

"그자의 무공은 상상하기 힘들 정도로 고강했어요…… 오라버니를 제외하고 저를 이토록 긴장하게 만든 사람은 그가 처음일 거예요. 그런 자를 상대한다고 생각하면 잠이 안 와서요. 가끔 혹시라도 오라버니가 잘못되면 어쩌나…… 그런 걱정을 하기도 해요."

서영아의 말에 장권호는 가볍게 미소를 보이며 말했다.

"나는 이기기 위해 나온 거다."

장권호의 대답은 의외로 짧았지만 확고한 믿음이 실려 있는 목소리였다. 그 모습에 서영아는 안심한 듯 애써 밝은 모습을 보였다.

이른 새벽 눈을 뜬 장권호는 조용히 뒷문으로 나와 작게 만들어진 후원을 천천히 거닐며 산책을 하였다. 방 안에는 서영아가 깊은 잠에 빠져 있는 듯 고른 숨소리가 들려오고 있었다. 오랜만에 긴장을 풀고 잠이 들었는지 쉽게 일어날 것처럼 보이지는 않았다.

어둠이 다 가시지 않은 검푸른 하늘과 시원한 공기가 주변을 맴돌고 있었다. 그런데 바람이 불자 비의 냄새가 코에 전해졌다. 습한 공기의 냄새에 장권호는 저 멀리 몰려오는 검은 구름들을 쳐다보았다.

천천히 다가오는 검은 구름들은 금방이라도 비를 쏟아 낼 것처럼 짙은 색을 띠고 있었다.

"비가 오겠군."

그의 말처럼 얼마 지나지 않은 하늘에선 작은 빗방울이 떨어지기 시작하더니 곧 꽤 많은 비가 쏟아지기 시작했다. 장권호는 서둘러 객청으로 들어가 창가에 기대어 바깥 풍경을 쳐다보았다.

쏴아아아!

시원하게 들리는 빗소리에 처마에서 떨어지는 빗방울의 소리가 마치 음률처럼 들려오자 장권호는 눈을 감았다.

빗소리와 떨어지는 물방울이 여러 가지 소리를 만들었고 그 속에서 장권호는 춤을 추듯 천천히 움직이고 있었다. 마치 빗방울을 피하는 것처럼 보였고 소리의 파도에 몸을 맡겨 움직이는 것 같았다.

"일찍 일어나셨네요."

빗소리에 눈을 뜬 서영아가 장권호를 찾아 객청으로 들어왔다. 장권호는 그녀의 목소리에 상념에서 깨어나 입을 열었다.

"오늘은 바쁠 것 같아 일찍 일어났는데, 비가 오니 또 한 가할지도 모르겠구나."

장권호의 말에 서영아는 고개를 저었다. 어제는 긴 여행에 쌓인 피로를 풀기 위해 손님들의 방문을 막고 쉬었기 때문에 한가했다.

하지만 오늘부터는 지인들이 찾아올 것이고, 처음 보는 사람들도 올 것이다. 그들을 모두 만날 필요는 없지만 분명 만나야 할 사람들도 있었다.

"그래도 올 사람은 오겠죠."

서영아가 말하자 장권호는 고개를 끄덕였다. 그때 철퍽철퍽 하며 빗길을 걸어오는 발소리가 들려왔다. 서영아의 말이 끝나기 무섭게 다가오는 사람이 있었다.

이른 아침부터 찾아오는 손님에 장권호는 흥미로운 시선을 던졌다. 곧 시비와 함께 비에 젖은 모습으로 손님이 나타났다.

"밤새 편히 주무셨습니까?"

청년의 인사에 장권호는 미소를 보였다. 나타난 사람은 남궁세가의 남궁정이었기 때문이다. 남궁정이 나타나자 장권호는 그가 원하는 것이 무엇인지 한눈에 알 수 있었다. 그의 손에 검이 들려 있었기 때문이다.

"덕분에 잘 잤네."

장권호의 말에 남궁정은 눈을 반짝이며 말했다.

"저는 한잠도 못 잤습니다. 밤새 검을 품에 안고 있었지요…… 아무래도 전 그동안 장 형과의 만남을 쭈욱 기다렸던 것 같습니다."

"그랬나?"

장권호는 그저 담담한 표정으로 남궁정을 쳐다보았다. 그의 무심하면서도 담담한 눈빛에 남궁정은 여전히 벽이 가로막고 있다는 것을 알았지만 고대했던 날이었기에 이겨 보려했다.

"장 형이 이곳으로 온다는 소식을 듣고 얼마나 설레었는지 마치 연인을 기다리는 기분이었지요. 아마…… 사랑하는 여인이 눈앞에 있다면 이렇게 설레지 않겠습니까?"

남궁정의 말에 장권호는 미소를 보이며 고개를 끄덕였다. 그러자 남궁정의 눈빛이 차갑게 번뜩였다.

"한 수 부탁드립니다."

"좋지. 내가 남궁세가에 온 이유 중 하나가 자네일지도 모르겠군."

장권호의 말에 남궁정은 흥분한 표정으로 강한 기도를 발산하기 시작했다. 그 모습에 장권호는 일 년 전과는 상당히 달라진 것을 알았다. 남궁정은 분명 쉬지 않고 수련을 하였을 것이다.

남궁정의 실력이 기대된 장권호는 기분 좋은 표정으로 천천히 마당으로 내려갔다. 그 뒤로 남궁정이 따라 나왔다.

*   *   *

따다다당!

떨어지는 빗방울 사이로 불꽃이 튀며 장권호와 남궁정의 그림자가 움직이고 있었다. 장권호의 손에는 서영아의 기린검이 들려 있었고 남궁정은 장권호의 빈틈으로 검법을 펼치고 있었다.

빗속에 어울리는 두 사람의 모습에 객청에 홀로 앉아 있던 서영아는 고개를 저었다. 자신이 볼 땐 쓸데없는 비무였기 때문이다. 남궁정과 장권호의 사이에는 아무리 노력해도 안 되는 차이가 있었고 남궁정은 그 차이를 모르는 것처럼 보였다.

슥.

서영아는 객청으로 들어오는 자색의 치마를 입은 아름다운 미인을 발견하곤 눈을 반짝였다. 그녀도 서영아를 발견하자 눈을 반짝이며 다가왔다. 둘은 가볍게 인사를 나눈 뒤 시선을 돌려 비무하고 있는 두 사람을 응시했다.

일방적인 공격을 하고 있는 사람은 남궁정이었고 방어만 하고 있는 사람은 장권호였다. 하지만 장권호는 한 걸음 정도의 공간에서 몸을 움직이고 있을 뿐이었고 남궁정은 장권호의 발을 단 한 걸음 이상 벗어나게 만들지 못하고 있었다.

"남자들은 이해를 못 하겠군요. 이렇게 비가 오는데 굳이 옷까지 젖어 가면서 저렇게 싸울 이유가 있을까요?"

남궁령이 옆에서 입을 열자 서영아가 이해한다는 듯 고개를 끄덕였다. 자신도 같은 생각을 가지고 있었기 때문이다. 하지만 남궁정의 몸에서 뜨겁게 타오르는 열기가 눈에 보이자 그 생각도 바꾸었다.

"그렇지만 보기에는 좋네요…… 열정이 느껴지잖아요."

"오라버니의 열정이야 워낙 잘 알고 있기 때문에 이해하지만…… 아직 장 소협을 이기기엔 많이 부족하죠. 그 사실을 누구보다 잘 알면서도 저렇게 열을 내나…… 한식구라 그런지 더욱 보기 안쓰럽네요."

남궁령은 남궁정이 장권호를 향해 최선을 다하고 있다는 것을 잘 알고 있었다. 그렇기 때문에 화가 났다. 같은 식구였기에 드는 감정이었다.

그녀는 단 한 걸음만을 움직이는 것으로 남궁정의 모든 것을 막아 내는 장권호가 문득 얄밉게 느껴졌다.

"적어도 두 걸음은 움직이게 해야지……."

입술을 깨물며 중얼거리는 남궁령이었다.

"그건 무리예요."

서영아가 그 말을 듣자 옆에서 속삭이듯 말했다. 그러자 남궁령은 아미를 찌푸렸다. 그녀의 말이 사실이었기 때문에 반박할 말도 없었다. 그리고 그게 장권호와의 차이었다. 서영아가 눈을 반짝이며 다시 말했다.

"혹시 모르죠…… 전혀 다른 검법을 펼친다면…… 몇 걸음 더 움직일지…….'

서영아의 말에 남궁령은 안색을 바꾸었고 굳은 표정으로 남궁정을 쳐다보았다. 서영아의 말은 조금 큰 편이라 빗속에서 비무하던 남궁정의 귀에도 들린 듯 보였다. 그때 남궁정의 검이 어깨 높이로 들더니 허리를 낮추고 앞발에 힘을 주었다. 지금까지와는 다른 매우 공격적인 자세로 변하였다.

그 모습에 놀란 것은 남궁령이었다. 그 자세가 어떤 자세인지 그녀는 잘 알고 있었기 때문이다. 그리고 장권호에게 보여 주면 안 되는 검법이기도 했다. 그녀는 저도 모르게 소리쳤다.

"그만!"

슈아악!

회오리바람처럼 남궁정의 검신 주변으로 빗물이 소용돌이쳤으며 한순간 수십 개의 검기들이 호선을 그리며 장권호를 압박했다. 그 모습에 장권호의 표정이 굳어졌다. 빗물을 머금은 수십 개의 검날은 강한 내력이 담겨 있었으며 하나하나 모두 실초였기 때문이다.

따다당!

번개처럼 검기를 만들어 날아드는 검날을 쳐 내며 두 걸음

좌측으로 이동했다. 그때 남궁정의 검이 제비처럼 낮게 하체를 베어 왔다.

횡!

무겁게 공기를 가르는 그 소리에 장권호는 가볍게 검을 내려 막아 갔고 그 순간 남궁정은 낮은 자세에서 신형을 뒤집어 목을 찔렀다. 그 일초에 장권호는 다시 한 번 놀란 표정을 보였다.

남궁정은 자신의 초식에 장권호가 당황할 거라 생각했고 분명 몇 걸음 더 물러설 거라 여겼다. 하지만 검면이 눈앞에 나타나 자신의 검을 막았다.

땅!

"……!"

남궁정은 강렬한 충격이 손을 타고 올라오자 뒤로 물러났다.

"큭!"

왼손으로 오른 손목을 잡으며 떨림을 멈추려 했지만 그의 오른팔은 사시나무 떨듯 떨고 있었다.

"멈춰!"

남궁령의 외침이 들리자 남궁정은 순간적으로 흥분한 자신을 책망하듯 검을 거두었다.

"오늘의 가르침은 정말 감사하오."

"좀 전의 검법은 무슨 검법인가?"

"이건……."

남궁정은 말을 하려다 망설이듯 시선을 돌려 남궁령을 쳐다보았다. 남궁령이 안색을 바꾸며 말했다.

"백룡검법(百龍劍法)이에요. 아버님의 독문검법이에요."

"이 일은 비밀로 해 주십시오."

"그러지."

남궁령의 말에 남궁정은 빠르게 말을 한 후 포권했다.

"이만 가보겠습니다."

"들어가게."

장권호의 말에 남궁정은 곧 빠른 걸음으로 밖으로 나갔다. 그가 나가자 장권호는 천천히 객청으로 들어왔다. 비에 젖은 모습으로 객청에 들어오자 서영아가 수건을 건네주었다. 수건으로 얼굴을 닦으며 남궁령을 쳐다보았다.

"오랜만이군."

"오랜만이에요."

남궁령은 그의 말에 인사하며 대답했다. 곧 남궁령이 다시 말했다.

"백룡검법에 대한 것은 잊어 주세요."

"그렇게 하지."

"정 오라버니가 백룡검법을 펼친 사실에 대해 세가의 사람들이 알게 되면 문제가 생길 수 있어요."

남궁령의 말에 장권호는 고개를 끄덕였다. 그리고 자신과 비무할 때 사용할 검법을 미리 알려 주었다는 사실에 남궁정은 큰 죄책감을 느낄지도 모른다고 생각되었다.

하지만 그런 문제보다 남궁호성이 백룡검법을 남궁정에게 알려 주었다는 사실이 더욱 중요한 일이었다. 남궁명이 분명 걸고넘어질 게 분명했기 때문이다.

"그 점은 걱정하지 말고."

장권호의 대답에 남궁령은 눈을 반짝였다. 장권호는 의자에 앉으며 차를 따라 마셨다. 남궁령은 그 앞에 앉으며 말했다.

"아침을 같이 먹으려고 왔어요. 괜찮지요?"

"물론."

장권호가 그녀의 찻잔에 차를 따르며 미소를 보였다.

＊　　　＊　　　＊

장권호가 남궁세가로 들어간 소식은 전 강호에 퍼져 있는 상태였다. 사람들은 연일 남궁세가주와 장권호의 비무에 대해 떠들었으며 남창성은 평소보다 더 많은 사람들로 북적이고 있었다.

"사람들이 많군."

성의 대로를 천천히 걸어가는 비단화의의 장년인은 평소보다 늘어난 무림인들의 모습에 미소를 보이며 걸음을 옮기고 있었다. 그의 옆에는 잘생긴 청년 한 명이 검을 들고 따라가고 있었다.

"그렇습니다."

청년은 장년인의 옆에 있는 게 상당히 부담되는지 긴장한 표정을 보이고 있었다.

"아악!"

"싸움이다!"

콰쾅!

길의 좌측에 있는 객잔의 이 층이 터지더니 세 명의 장한들이 바닥으로 떨어져 내렸고 삽시간에 수많은 구경꾼들이 몰려들었다.

"무림인들이 많으면 싸움도 많아지는 법이지."

"그렇습니다."

장년인의 말에 청년은 공손히 대답했다.

"우리가 신경 쓸 일은 아니니 어서 가자꾸나. 늦었다."

"예."

청년은 다시 한 번 공손하게 대답했다. 그런 청년은 가끔 불만 어린 눈빛을 장년인의 뒤통수로 던졌다.

"으악!"

"내 팔! 이년이!"

"닥쳐! 우리를 우롱한 그 세 치 혀를 뽑아 주마!"

장한들의 외침과 여고수의 외침에 장년인은 잠시 걸음을

멈추었다. 그러자 청년도 걸음을 멈추었다.

"흔한 상황인가?"

"그런 것 같습니다. 인상 좀 쓰는 어깨들이 예뻐 보이는 무림의 여걸을 우롱한 모양입니다. 훗! 겁도 없이 무림의 여자들을 우롱했으니 벌을 받는 것이겠지요."

"흔한 일이군."

"사람들이 잘 모르는데 무림을 여행하는 여자들은 모두 고수라는 사실을 알아야 할 겁니다. 여자의 몸으로 강호를 여행하는 게 어디 쉬운 일입니까?"

"시끄럽고, 가자."

"예."

청년은 오랜만에 말을 많이 하다 장년인의 말에 입을 닫고는 다시 뒤를 따라 걸음을 옮겼다. 그래도 호기심이 생겨 고개를 돌려 여고수를 쳐다보았다. 예쁘거나 자신이 아는 사람일지도 모른다는 생각 때문이다.

'모르는 여자군.'

청년은 여자의 얼굴을 확인한 후 다시 장년인의 뒤를 따라 걸음을 옮겼다.

해가 중천에 떠올라서야 남궁세가의 정문에 도착한 장년인과 청년은 곧 안으로 안내되어 들어갔다. 장년인은 이 시기에 남궁세가를 쉽게 들어가는 것으로 보아 상당히 알려진 고수가 분명했다.

청년은 장년인과 떨어져 다른 방으로 안내되었다. 그제야 청년의 표정에서 긴장감이 사라지고 평소의 표정으로 돌아왔다.

남궁철의 안내를 받은 장년인은 후원을 지나 남궁세가의 깊숙한 곳까지 안내되어 갔다. 장년인을 안내하는 남궁철의 표정은 굳어 있었으며 좀 전의 청년과 비슷한 긴장한 얼굴이었다.

곧 남궁철은 소나무 숲에 둘러싸인 별채 앞에 당도하자 걸음을 멈추었다.

"여깁니다."

"자네는 이만 가보게."

"예. 그럼."

남궁철은 대답과 함께 빠른 걸음으로 멀어져 갔다. 그 모습에 실소를 흘린 장년인은 곧 소나무 숲 사이로 걸음을 옮겼다. 그러자 별채의 문이 열리고 안에서 반백의 노인이 모습을 보였다. 바로 남궁세가의 최고 어른인 전대 가주 남궁휘였다. 그는 장년인을 발견하고 눈을 반짝이다 곧 크게 웃었다.

"하하하하! 죽지 않고 살아 있었군그래."

"오랜만이오."

장년인의 인사에 남궁휘는 기분 좋은 표정을 보였다. 장년인은 오랜만에 만나는 지인이었기 때문이다.

"강규, 자네가 모습을 보이다니 이번 비무가 대단하긴 대단한 모양이군."

남궁휘의 말에 강규가 미소를 보였다.

"후후…… 크게 기대하고 있소. 남궁 선배야말로 기대하고 있지 않소이까?"

"기대는 하고 있지. 하지만 쉽지는 않아 보이네."

"쉽지 않기 때문에 즐길 수 있는 것이오."

강규의 말에 남궁휘가 눈을 반짝였다.

"자네는 설마 비무를 방해하려고 온 것은 아니겠지?"

"설마 그럴 리가 있겠소이까? 구경하고 싶어서 온 것이오. 과연…… 장백파의 그 꼬맹이가 얼마나 대단한 인물인지 눈으로 확인하고 싶은 것이오."

강규의 말에 남궁휘가 고개를 끄덕이며 신형을 돌렸다.

"들어오게. 이야기는 안에서 하지."

"그럼."

강규가 남궁휘를 따라 안으로 들어갔다.

방 안에 앉은 강규는 주위를 둘러보다 벽에 그림 하나가 걸려 있자 눈을 반짝였다. 벽에 걸린 그림 속에는 수염을 멋들어지게 기른 반백의 신선이 구름 위에 서 있었다.

그 외에는 이렇다 할 특색이 없는 방 안의 모습이었다. 강규는 시선을 돌려 찻잔에 가득 채워진 녹색의 찻물을 바라보았다.

"천하독패(天下獨覇) 오성천(吳聖天)의 인물화를 가지고 있는 사람은 강호에 몇 없소…… 오성천의 족자를 가지고 계셨소이까?"

신선도(神仙圖)로 보이는 인물화를 강규는 오성천으로 보았다. 그의 말에 남궁휘는 고개를 끄덕이며 대답했다.

"알아보는군."

"무당에서 우연히 비슷한 인물이 그려진 그림을 한 번 보았소."

강규는 눈을 반짝이며 차를 마셨다. 그런 그의 눈엔 벽에 걸린 인물화가 탐이 나는 듯 보였다. 하지만 그런 마음은 금세 지웠다. 어차피 자신의 손에 닿을 물건은 아니었기 때문이다.

"무당에서 본 그림은 어떠하던가?"

남궁휘가 흥미로운 시선으로 묻자 강규는 수염을 쓰다듬으며 대답했다.

"손바닥을 하늘로 향해 살짝 뭔가를 들고 있는 자세였고 시선은 손안을 향하고 있었소. 구름을 타고 있는 것과 입고 있는 옷은 똑같구려."

"이것과는 자세가 조금 다른 모양이군."

남궁휘가 강규의 말에 고개를 미미하게 끄덕였다. 지금 벽에 걸려 있는 오성천은 양손을 늘어뜨린 채 시선은 앞을 향하고 있었으며 구름을 타고 있었고 머리 위로는 바람이 불고 있었다.

"다르면서도 비슷한 자세라고 봐야 하오. 족자의 크기나 오성천의 모습을 볼 때 두 인물화를 그린 사람은 분명 한 사람일 것이오."

"그렇겠지…… 자네도 대충 이 족자에 대해 알고 있지 않나?"

강규가 남궁휘의 말에 눈을 반짝이며 미미하게 고개를 끄덕였다.

"그저…… 전설로만 들었을 뿐이오."

"강호상에 거의 알려지지 않은 전설이지……."

"오성천의 그림이 그려진 인물화는 총 다섯 장이고 그 다섯 장이 모이면 천하제일의 무공을 얻게 된다는 전설은 진부한 전설로 치부했소. 그런데 그렇지 않을지도 모르겠구려."

강규의 말에 남궁휘도 수염을 쓰다듬었다. 강규가 차를 마신 뒤 다시 말했다.

"아쉽게도 두 장은 타 버렸으니…… 전설도 사라질 것이오."

"두 장이 탔다고? 그런 소문은 듣지 못했는데 어디서 탄 것인가?"

"하나는 천주가 가지고 있었는데 태웠다고 들었소. 또 하나는 화산에 있었는데 귀문과 수정궁의 공격 때 타 버린 모양이오."

"그런 일이 있었군."

강규의 설명에 남궁휘는 아쉽다는 표정으로 고개를 끄덕였다.

"애석한 일이로군. 강호의 복이 사라졌으니 말이네."

강규도 아쉬운 표정으로 차를 마셨다. 남궁휘가 화제를 바꾸며 물었다.

"자네가 직접 이렇게 본가를 방문하다니 솔직히 좀 놀랍군. 그래, 무슨 일로 온 것인가?"

"아까 말한 게 전부니 오해하지 마시오."

"정말 관심 있어서 온 것뿐인가?"

남궁휘의 말에 강규가 미소를 보였다. 강규는 천천히 차를 한 모금 마신 뒤 찻잔을 내려놓으며 눈을 반짝였다.

"이 비무…… 직접 두 눈으로 보고 싶소이다."

"……!"

남궁휘의 표정이 굳어졌다. 강규는 한쪽 입꼬리를 올리며 차가운 미소를 보였다.

제4장
달빛에 가려진 검

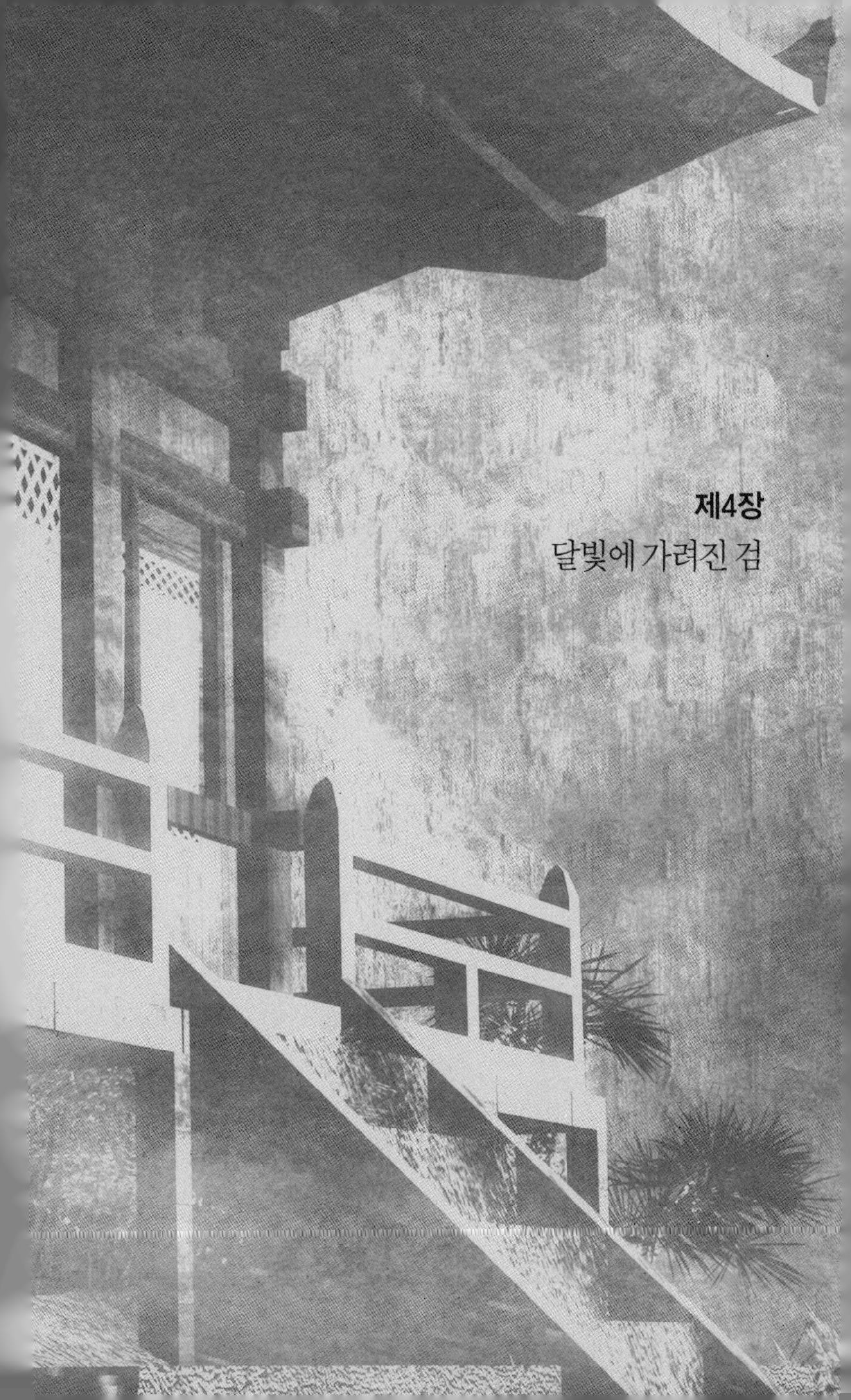

　"백룡검법은 남궁세가주가 되면 익히게 되는 가문의 비전 절기인 모양이에요. 강호상에 알려진 바가 없으니까요. 그리고 남궁호성이 백룡검법을 사용했다는 소문을 들어 본 기억이 없어요. 물론 무의식중에 사용할 수도 있지만 그게 백룡검법인지 구별하기란 쉽지 않겠지요. 강호엔 워낙 비슷한 초식들이 많으니까요."

　서영아의 말에 장권호는 미소를 보이며 고개를 끄덕였다. 그녀의 말처럼 가문의 주인만이 익히는 무공이라면 분명 특별할 것이고 알려지지 않았을 것이다.

　서영아는 천천히 정원을 걷고 있는 장권호의 옆으로 달라붙어 다시 말했다.

"하지만 오라버니와의 비무에서 남궁세가주가 백룡검법을 사용할지는 미지수예요. 일반적으로 알려진 남궁세가의 파산검법이나 유성검법을 사용할 가능성이 높아요."

"왜지?"

장권호가 묻자 서영아가 미소를 보이며 다시 말했다.

"비기라면 보통 위기에 몰려야 쓰겠지요. 남궁세가주는 아마 마지막의 마지막까지 감춰 두지 않을까요?"

장권호는 그녀의 말에 선선히 고개를 끄덕였다. 그는 나무 그늘로 들어가 걸음을 멈추고 인공적으로 만들어진 냇물을 바라보았다. 냇물은 정원을 지나 밖을 향하고 있었다. 냇물의 작은 돌 위에 청개구리 한 마리가 모습을 보이자 장권호는 흥미로운 표정으로 청개구리를 바라보았다. 오랜만에 보는 청개구리였기에 잠시 동심으로 돌아간 것이다.

"생각을 해 보면 어릴 땐 저렇게 개울물이 보이면 뒤도 안 돌아보고 뛰어들었는데 지금은 그러지 못하는 게 아쉬워."

장권호가 금방이라도 옷을 벗고 냇물에 뛰어들 것 같은 기세로 말하자 서영아가 미소를 보이며 말했다.

"그냥 뛰어들면 되죠. 어차피 보는 사람도 없는데…… 아! 감시자들이 있었지."

서영아가 멀리서 일을 하는 일꾼들과 별채의 객청에 모여 있는 시비들을 둘러보며 중얼거렸다. 그녀의 말에 장권호는 고개를 끄덕였다.

"하긴…… 어린아이라면 아무렇지도 않게 옷을 벗고 놀아도 크게 문제 될 일은 없었겠네요. 하지만 다 큰 어른이 그런다면 미친놈이란 소리밖에 더 듣겠어요."

서영아가 다시 말하자 장권호가 고개를 끄덕이다 다시 말했다.

"왜 어른은 안 되고 어린아이는 되는 것일까?"

장권호의 물음에 서영아는 조금 당황한 표정으로 장권호를 바라보았다. 그러다 웃으며 말했다.

"오라버니가 아직 다 자라지 못한 소년 같은 물음을 하는 것은 또 처음이네요. 아무튼 어른이 안 되는 이유는 어른이란 명예가 있기 때문에 그런 게 아닐까요? 사회적 지위와 주변 시선도 있구요. 체면이라고 하면 될지 모르겠네요."

"그게 중요하지……."

장권호는 씁쓸한 미소를 보였다. 그러자 서영아가 눈을 반짝이며 물었다.

"날도 더운데 등목이라도 해 드려요? 물에 뛰어드는 것보다 낫잖아요?"

그녀의 물음에 장권호는 반색하며 박수를 한 번 쳤다.

짝!

"아주 좋아."

장권호의 대답에 서영아가 굉장히 신이 난 표정으로 빠르게 우물가로 달려가기 시작했다. 그 뒤로 장권호가 천천히 따라붙었다.

"빨리 오세요."

그녀의 다급한 목소리에 장권호는 자신보다 그녀가 아이가 된 것 같다고 생각했다. 어쩌면 저런 순수한 마음에 시작한 강호행이 아닐까? 하는 생각도 들었다. 복수는 명분이었고 그토록 사람들이 말하던 강호를 눈으로 보고 싶었던 마음이 더욱 크게 자신을 움직인 것 같다고 생각되었다.

장권호는 편안한 표정으로 서영아의 뒤를 따라 우물가로 걸어갔다.

시비의 안내를 받고 객정에 들어선 남궁령과 손지우는 편안한 표정으로 의자에 앉아 차를 마시며 다과를 즐겼다.

"밖은 비무 때문에 난리인데 안은 쥐 죽은 듯 조용하니…… 금방이라도 전쟁에 나갈 것 같은 분위기라 마음대로 돌아다니지도 못하겠어."

손지우의 말에 남궁령은 그녀의 투덜거림을 가볍게 웃어넘기며 말했다.

"본가의 명예가 걸린 일이에요. 봄날 소풍 가는 기분으로 지낼 수는 없잖아요?"

"하긴…… 그렇겠지."

손지우는 그녀의 말을 이해한다는 듯 고개를 끄덕였다. 그녀가 다시 말했다.

"남궁세가야 명예가 걸린 일이니 긴장할 수밖에 없겠지…… 상대가 상대인데 긴장을 안 한다면 그게 이상한 일일 거야. 그런데 듣자 하니 당사자인 장 소협은 마치 유람이라도 나온 사람처럼 유유자적한 생활을 한다고 하더군. 비무를 앞둔 남궁가주께선 폐관수련 중인데 장 소협은 여유 있게 휴식을 즐기고 있다라…… 기분이 나쁘지는 않아?"

"나쁘지 않아요. 지금은 그 말을 하는 언니가 기분 나쁘네요."

"이런 미안해."

손지우가 미소를 보이며 차를 마시자 남궁령은 아미를 찌푸리며 차갑게 손지우를 노려보았다.

"요즘 좀 신경이 예민한 모양이에요? 여기에 왔을 때부터 지금까지 표정도 그렇고 움직임도 평소와 달리 어색해 보이고…… 혹시 그날인가요?"

손지우의 안색이 갑자기 변하자 남궁령이 재미있다는 듯 크게 말했다.

"혹시나 했는데 역시 맞군요. 하긴 저도 그날이면 신경이 예민해지는 편이죠. 하지만 노처녀라는 소리를 듣는 언니만큼은 아니에요."

표정의 변화만으로도 손지우가 그날인 것을 파악할 수가 있었기에 남궁령은 확신을 가지고 말한 것이다. 그녀의 말에 손지우는 살짝 아미를 찌푸렸다. 한 대 주고 한 대 맞은 꼴이었기 때문이다.

남궁령이 마지막으로 한 대 더 때려야겠다는 듯 미소를 보이며 말했다.

"냄새 조심하세요."

벌떡!

손지우가 자리를 박차고 일어나 살기까지 보였고 그녀의 손이 자연스럽게 검을 잡으려는 찰나 객청으로 장권호가 들어왔다.

"오랜만이오, 손 소저."

장권호가 들어와 남궁령보다 손지우에게 먼저 시선을 보내 인사를 하자 손지우는 얼른 미소를 보이며 대답했다.

"오랜만에 뵈어요. 잘 지내셨지요?"

"물론이오. 남궁 소저는 어제 봤으니 오랜만이란 말보다 어제는 잘 잤소? 이렇게 묻는 게 낫겠소."

"덕분에 잘 잤어요."

남궁령이 미소를 보이며 대답했다. 장권호가 의자에 앉자 손지우가 본능적으로 조금 떨어져 앉았다. 그 모습에 장권호가 의문스럽게 쳐다보자 남궁령이 소매로 입을 가리며 웃었다.

"두고 보자."

손지우가 날카로운 눈빛으로 쳐다보자 남궁령은 짐짓 아무것도 모른다는 듯 허리를 펴며 찻잔에 손을 가져갔다.

남궁령은 곧 장권호의 옆에 마치 매미처럼 찰싹 달라붙어 따라다니던 서영아가 안 보이자 눈을 반짝였다.

　"서 소저는 어디 갔나요?"

　"잠시 심부름을 갔소."

　"좋은 일이군요."

　남궁령은 서영아가 없어서 즐겁다는 표정을 보였다. 은근히 눈치를 주고 자신을 향해 강한 기도를 은연중에 뿌리던 서영아였기 때문이다. 그것은 경계였고 여자의 본능으로 알 수 있는 살기였다. 그런 그녀가 없다니 부담 없이 앉아 있을 수 있을 것 같았다.

　서영아가 없어서일까? 남궁령과 손지우는 소소한 이야기로 시간을 보내고 있었다. 장권호도 두 여자의 이야기를 들으며 시간을 보냈다.

　얼마 지나지 않아 두 사람은 자리에서 일어섰고 둘이 나가자 장권호도 마음 편히 비무를 대비해 명상에 빠질 수가 있었다.

　그렇지만 그 시간도 길지는 않았다. 손지우가 다시 모습을 보였기 때문이다. 그녀가 다시 모습을 보이자 장권호는 눈을 반짝였다. 이렇게 남궁령 없이 따로 나타난 것은 분명 이유가 있었기 때문이다.

　"다시 보니 반갑소."

　"저도 반가워요."

손지우가 장권호의 미소에 마주 웃으며 자리에 앉았다. 장권호가 궁금한 표정으로 물었다.

"남궁 소저와 떨어져 따로 온 것을 보아하니 내게 무슨 할 말이 있는 모양이오?"

"맞아요."

손지우가 부정하지 않고 고개를 끄덕였다.

"무엇이오?"

장권호의 물음에 손지우가 품에서 작은 호리병을 꺼내며 말했다.

"이건 마음과 정신을 맑게 해 준다고 하는 '청명환(清明丸)'이에요. 저희 손가에서 만든 거지요. 나름대로 인기가 있어서 꽤 잘 팔리는 물건이에요. 장 소협께 드리는 작은 선물이에요. 수련할 때 하나씩 복용하면 조금은 도움이 될 거예요."

"고맙소. 이걸 주려고 온 것이오?"

장권호는 그녀의 선물이 마음에 드는지 미소를 보이며 호리병을 자신의 앞으로 가져왔다. 그 모습에 손지우가 고개를 저으며 다시 말했다.

"아니에요. 이런 선물 하나 주려고 다시 온 것은 아니죠."

"또 있소?"

장권호가 묻자 손지우가 조금 굳은 표정으로 말했다.

"평범한 범인들은 장 소협을 좋아할지도 모르지만 중원에 몸을 담고 있는 강호인들은 썩 좋아하지는 않아요. 겉으로는 웃고 있어도 속으로는 어떤 생각을 가지고 있는지 알지 못하는 게 사람이잖아요? 겉과 속이 다른 사람들이 많다 보니 조심하시는 게 좋을 것 같아서요."

"나름대로 조심하고 있소."

장권호의 대답에 손지우는 고개를 끄덕였다.

"조심하고 계시다니 다행이네요. 생각보다 더 많은 사람들이 장 소협을 미워하고 있으니 그 점을 잊지 말라고 말하고 싶었어요. 미움보다는 질투일지도 모르겠군요."

손지우가 미소를 보이자 장권호는 재미있다는 듯 차를 마셨다.

"질투라……."

가만히 중얼거린 장권호는 그녀의 말처럼 자신을 적대하는 사람들이 많다는 것을 잘 알고 있었다. 하지만 지금까지는 그 적대심을 표현하는 사람들이 없었다. 아니, 표현할 수가 없었다고 봐야 했다. 장권호의 무공과 그의 명성이 그렇게 만든 것이다. 그런데도 손지우는 장권호에게 조심하라는 말을 남긴 것이다.

손지우가 곧 자리에서 일어섰다.

"저는 이만 가볼게요. 너무 사람들을 믿지 마세요."

"고맙소."

손지우의 진심 어린 말에 장권호는 기분 좋은 표정으로 고개를 끄덕였다. 그의 그런 모습에 손지우는 살짝 얼굴을 붉혔다. 장권호의 미소가 왠지 모르게 강렬하게 다가왔기 때문이다.

"또 놀러 오시오. 손 소저라면 늘 환영이오."

"고마워요."

장권호의 말에 손지우는 미소로 인사를 한 후 천천히 밖으로 나갔다. 그녀가 나가자 장권호는 의자에 앉아 그녀가 전해 준 청명환이 든 호리병을 가만히 쳐다보다 곧 한 알을 꺼내 입에 넣었다.

환약의 독특한 향이 입안을 맴돌았고 온몸이 시원해지는 느낌이 머리로 올라와 사라져 갔다.

"좋군."

장권호는 중얼거리며 한 알을 더 꺼내 먹었다.

* * *

장권호의 모든 행동이나 말을 하루에 한 번 정기적으로 보고 받고 있는 남궁철은 그의 일과에 특별한 점이 없다는 것에 미간을 찌푸리고 있었다. 지금까지 이곳 남궁세가에 들어와 단 한 번도 제대로 된 무공수련을 한 적이 없기 때문이다.

"산책…… 수다…… 산책…… 본가에 와서 하는 일이라곤 먹고 자고 싸는 것밖에 없군, 흐음……."

남궁철은 아무리 생각해도 이번 비무는 자신의 세가에게

손해가 되는 비무였다. 그런데도 비무를 하는 이유는 남궁세가가 무림의 명가라는 이유에서였다. 그렇지 않았다면 비무에 응할 이유도 없다고 생각한 게 그였다.

"손님이 오셨습니다."

집무실 밖에서 목소리가 들리자 남궁철은 책상 위를 정리하며 말했다.

"모시거라."

남궁철의 말에 문이 열리고 곧 제갈현이 모습을 보였다. 그가 찾아오자 남궁철은 자리를 권하고 앉았다.

"이렇게 불쑥 찾아와서 미안하오. 방해한 것은 아니오?"

"방해할 게 뭐가 있겠소?"

남궁철이 손을 저으며 말하자 제갈현은 곧 차를 마시며 말했다.

"장권호 때문에 요즘 강호에 비무가 유행하는 모양이오. 여기저기서 비무하는 사람들이 늘어나고 있다 들었소이다. 그러다보니 비무를 하다 죽는 경우도 꽤 많이 생기는 모양이오."

"언제는 안 그랬소이까? 단지 유행을 타고 있으니 좀 더 많아진 것이겠지요. 우리 같은 세가야 워낙 크다 보니 감히 도전하지 못한 것이지 군소방파들은 시도 때도 없이 싸우고 있는 게 현실 아니오?"

"하긴…… 그렇게 말씀하시니 그것도 그렇소이다."

제갈현이 남궁철의 말에 미소를 보이며 고개를 끄덕였다. 그러자 남궁철이 곧 본론을 말하라고 물었다.

"오늘은 무슨 일로 이렇게 온 것이오?"

"다름이 아니라 이번 비무는 공개적인지 아니면 비공개로 이루어지는지 알고 싶어 이렇게 온 것이오."

제갈현의 물음에 남궁철은 미간을 찌푸리며 고민스러운 표정으로 대답했다.

"아직 정해진 것은 없소. 가주님께서 나오셔야 결정될 것 같소이다."

"이왕이면 공개적으로 하는 게 좋지 않겠소? 많은 사람들이 장권호의 무공을 봐야 그 무공에 대한 파훼법도 나오지 않겠소이까? 한 사람이라도 더 많은 사람들이 장권호를 알아 두는 게 강호를 위해서 좋은 일이라 생각하오."

제갈현의 말에 남궁철은 여전히 미간을 찌푸린 채 펴지 못하고 있었다. 하지만 그는 곧 은근한 눈빛으로 제갈현을 쳐다보았다.

'그 말은 곧 우리 본가의 무공 또한 파훼법을 찾겠다는 뜻이 아니더냐? 형님의 무공도 남에게 보여 줘서는 안 되는 무공이다.'

남궁철은 차를 한 모금 마신 뒤 천천히 말했다.

"그 일은 제가 결정할 문제가 아닌 듯하오. 모든 건 가주님께서 나온 뒤에 결정될 것이오."

남궁철의 말에 제갈현은 선선히 고개를 끄덕였다. 지금까지 장권호의 비무는 비공개였다. 그 이유가 있다면 비전절기를 사용하기 때문에 그런 것이었다. 그 결과 패배한 고수들의 비전절기는 지켜졌지만 장권호에 대한 것도 알려진 바가거의 없었다.

"잘 알겠소."

제갈현은 대답 후 비공개로 비무가 진행될 시 어떻게 하면 그 비무를 볼 수 있을지 고민하기 시작했다. 하지만 쉽게 그 방법이 떠오르지는 않았다.

"남궁세가주님께선 언제쯤 폐관에서 나오신다 하오?"

"때가 되면 나오실 것이오."

남궁철의 무뚝뚝한 대답에 제갈현은 더 이상 앉아 있을 필요가 없다는 생각에 일어섰다.

"잘 알겠소이다. 그럼 이만 가보도록 하겠소."

"멀리 가지 않겠소."

제갈현이 볼일은 다 봤다는 듯 자리에서 일어나 나가자 남궁철은 반색하며 그를 배웅했다. 자신의 자리에 앉은 남궁철은 다시 일을 보기 시작했고 제갈현이 나간 뒤 얼마 지나지 않아 무사 한 명이 집무실로 들어왔다.

"무슨 일이지?"

"가주님께서 찾으십니다."

"……?"

남궁철의 표정이 굳어졌다. 폐관에 들어간 남궁호성이 자신을 찾는다고 말했기 때문이다.

"가주님이 나오셨나?"

"예. 좀 전에 나오셨다 합니다."

무사의 보고에 남궁철은 급하게 자리에서 일어나 밖으로 나갔다.

비무 일자가 다가올수록 남궁세가의 공기는 더욱더 긴장감에 휩싸이고 있었다. 그건 무사들의 눈빛에서부터 알 수 있었다.

경계를 서고 있는 무사들의 눈빛이 더 사납게 변해 가고 있었으며 그런 분위기를 견디기 싫어하는 세가 내의 사람들도 하루 빨리 비무가 끝나기를 바라고 있었다.

비무일이 다가올수록 더욱 많은 사람들이 남궁세가의 문을 두드렸고 남궁세가는 친인척과 세가맹의 사람들을 제외하곤 일절 손님을 받지 않고 있었다. 당연히 세가 밖에서는 불만 어린 목소리가 튀어나올 만했으나 남궁세가의 무사들이 던지는 사나운 눈빛과 기세에 눌리고 있었다.

장권호가 기거하는 별원의 공기도 평소와 달리 조금 무겁게 가라앉아 있었다. 반갑지 않은 손님이 찾아왔기 때문이다.

또르륵!

차를 따르며 탁자 사이를 오가던 시비가 곧 주전자를 내려놓고 물러갔다. 장권호는 눈앞에 앉아 있는 이십 대 중반의 젊은 청년을 흥미로운 표정으로 쳐다보았다. 그런 그의 눈빛은 평소와 달리 무겁게 가라앉아 있었다.

장권호의 앞에 앉은 청년도 은연중 살기를 보이며 흰 이를 드러내고 미소를 보이기도 했다.

"반갑지는 않군."

장권호의 말에 청년은 고개를 끄덕였다. 장권호와 같은 마음으로 앉아 있었기 때문이다. 아니, 오히려 불편한 것보다 살심을 가지고 장권호의 앞에 앉아 있었다. 청년은 강규와 함께 남궁세가로 들어온 삼도천의 풍비였다.

"다행히 나를 잊지 않은 모양이오?"

풍비의 낮은 목소리에 장권호는 선선히 고개를 끄덕였다. 그는 슬쩍 미소를 보이며 말했다.

"웬만하면 잊고 싶은 얼굴이군."

"나는 매우 보고 싶었는데 잊고 싶다니…… 서운하오."

장권호의 말에 풍비는 찻잔을 어루만지며 말했다. 그의 말 속에는 살기가 배어 있었으며 그의 전신으로 살기가 흘러나오고 있었다. 그건 그의 본능적인 것으로 장권호의 기도가 강하게 밀려왔기에 절로 몸이 대응하는 중이었다.

장권호가 미소를 보이자 더욱 강한 기도가 풍비의 전신을 압박하기 시작했다. 풍비는 전신을 조여 오는 압박감에 마른 침을 한 번 삼켰다. 장권호는 손끝 하나 움직이지 않았는데

도 마치 거미줄에 걸린 것처럼 끈끈한 줄이 전신을 조여 오는 것 같았기 때문이다.

그리 나쁜 기분은 아니었다. 이런 긴장감은 자신이 강호에 살고 있다는 증거이기도 했기 때문이다.

"서로 만나는 게 어색한 사이 아니었나?"

"물론 그렇소이다. 마음 같아서는 장 형을 벌써 골백번은 더 죽였을 것이오. 그런데……"

풍비는 양팔을 벌리며 어깨를 한 번 움직이더니 의자에 깊이 앉았다. 지금의 어색함과 자신을 압박하는 장권호의 기도를 뿌리치고 싶었기에 애써 태연한 척을 한 것이다.

"내 능력으로는 그럴 수가 없으니 포기해야지. 그렇게 경계할 필요는 없소, 특별히 당신과 싸우기 위해 온 것도 아니니까."

그의 말에 장권호는 재미있다는 듯 다시 한 번 미소를 보였다. 풍비는 자신을 향한 기도가 조금 누그러들자 다시 말했다.

"우리와는 이미 모든 은원을 정리했다고 들었소. 그러니 우리의 은원도 정리된 게 아니오? 나는 이미 정리 다 했으니 더 이상 신경 쓸 필요 없다는 말을 전하려고 온 것이오."

"어차피 신경 쓰지 않았어. 그럴 실력도 아니고."

장권호의 말에 풍비는 자존심이 상했지만 인상만 찌푸릴 뿐 감히 덤비지는 못하였다. 장권호는 그런 풍비의 모습에 다시 말했다.

"할 말 다 했으면 이만 가지."

"아직 안 했소."

직접적으로 축객령을 내리자 풍비가 굳은 표정으로 대답했다. 그 말에 장권호는 눈을 반짝이며 풍비의 다음 말을 기다렸다.

"남은 할 말은 뭔가?"

"몸조심하시오. 장 형의 적은 생각보다 강하니까 말이오."

풍비는 슬쩍 미소를 보인 후 자리에서 일어섰다. 할 말을 다 한 듯 그는 미련 없이 신형을 돌렸다. 그가 나가자 장권호는 미간을 찌푸렸다. 그의 적이 강하다는 것은 이미 자신도 잘 알고 있었다.

어쩌면 세상 누구보다 가장 잘 알고 있을지도 몰랐다. 유영천과 그토록 오랜 시간 싸운 사람도 드문 게 분명했기 때문이다.

"죽일까요?"

스릇!

풍비가 나가자 장권호의 옆으로 서영아의 신형이 소리 없이 나타났다. 그녀의 낮은 속삭임에 장권호는 고개를 저었다. 굳이 그럴 필요가 없기 때문이다. 그가 죽으면 삼도천과 다시 사적으로 얽힐 가능성이 있었기 때문에 그런 것이다.

"그럴 필요 없어. 어차피 원한이 많은 자이니 언젠가 뿌린

대로 거두겠지."

그의 말에 서영아는 그저 가만히 고개만 끄덕였다. 몇 번 본 적이 있지만 여전히 마음에 안 드는 인물이었다. 언젠가는 자신의 손으로 죽여야 할지도 모른다고 생각했다.

"이만 가보겠습니다."

방 안에 들어온 풍비가 허리를 숙이며 말하자 의자에 앉아 책을 보던 강규가 살짝 미간을 찌푸렸다.

"벌써 가는 건가?"

"제가 해야 할 일은 모두 다 했기 때문에 복귀하려 합니다."

풍비의 말에 강규는 수염을 쓰다듬었다. 애초에 풍비는 강규를 남궁세가로 안내하는 일을 맡았기 때문에 일이 끝난 것은 사실이었다.

풍비는 행여 강규가 자신을 붙잡지 않을까 걱정되었다. 이곳에 있으면 강규의 하인 노릇을 해야 했기 때문이다. 그렇다고 불만을 표현할 수도 없었다. 상대는 다른 사람도 아닌 천하에서 가장 무섭다고 알려진 강규였기 때문이다.

강규의 손에 죽으면 그냥 개죽음일 뿐이다.

"할 일을 다 했으니 복귀하려 한다라……"

강규는 가만히 중얼거리며 책장을 덮었다. 강규는 시선을 들어 풍비를 쳐다보며 물었다.

"그래 장권호를 만나 보니 어떻던가?"

"그건……."

풍비는 강규가 자신이 장권호를 만나고 왔다는 사실을 알자 조금 놀란 표정을 보였다. 보고 없이 행동했었기 때문에 알 리 없다고 여겼던 것이다.

강규가 미소를 보이며 다시 말했다.

"네가 장권호와 원한이 있다는 사실은 나 말고도 천의 사람이라면 누구나 아는 일이지. 그렇게 원한이 있는데 눈앞에 상대를 두고 그냥 가는 일은 없지 않겠나? 적어도 잘 지내는지 확인은 해야지. 나중에 복수를 위해서라도 말이야."

강규의 말에 풍비는 잠시 입을 닫았다. 그의 말대로였기 때문에 따로 할 말은 없었다. 강규가 다시 물었다.

"장권호는 어때 보이나?"

강규가 다시 묻자 풍비는 좀 전에 만난 장권호의 얼굴을 떠올리며 곧 입을 열었다.

"아쉽게도 좋아 보였습니다. 이번 비무는 승부를 예측하기 어려울 것으로 보입니다."

"자네 예측은 필요 없네. 섣부르게 판단할 비무도 아니니."

"죄송합니다."

강규의 말에 풍비는 얼른 허리를 숙였다. 강규는 곧 시선을 책장으로 돌리며 다시 말했다.

"알겠네. 자네는 귀환하게나."

"네, 그럼."

풍비는 공손히 인사를 한 뒤 강규의 방에서 빠져나왔다.

밖으로 나온 풍비는 지인들에게 인사를 하고 재빨리 남궁세가를 빠져나와 무이산으로 방향을 잡고 걸어갔다.

남궁세가의 주변은 수많은 사람들로 인산인해를 이루고 있었지만 고개 하나를 넘자 마치 언제 그랬냐는 듯 사람의 그림자는 찾기 어려웠다.

"출출하군."

점심을 먹지 않고 나왔기에 고개를 넘자 풍비는 배를 문지르며 허기가 찾아온 것에 인상을 찌푸렸다.

저 멀리 작은 주점이 보이자 재빨리 그곳으로 걸음을 옮겼다.

촤르륵!

문 앞에 있는 주렴을 헤치고 안으로 들어간 풍비는 빈자리에 앉았다. 그러자 점소이가 모습을 보였고 간단한 요리를 시킨 풍비는 주점 안을 살폈다.

그의 눈에 세 명의 남자가 한자리에 모여 앉아 식사를 하는 게 보였다. 그들은 검을 차고 있었다. 그 뒤로 구석에서 식사를 하는 두 명의 여자가 보였다. 그녀들도 어깨에 검을 메고 있는데 무림인으로 보였다.

남궁세가에서 펼쳐질 비무에 대한 소문 때문에 여기저기서 몰려드는 무림인들이 분명했다.

풍비는 문득 끝에 앉은 두 여자의 모습이 낯이 익다는 생각이 들었다.

'어디서 봤더라……'

잠시 고민하던 풍비는 곧 남창성에서 장한들을 두드려 패던 여자의 모습을 떠올렸다. 그중 한 명이 그 여자와 닮았다는 생각에 눈을 반짝였다. 남창성에서 본 여자였기에 의아해하는 시선으로 그녀들을 쳐다보았다.

풍비는 손을 움직여 앞에 놓인 찻잔을 잡았다. 그때 미미한 살기가 느껴지자 안색을 바꾸며 한쪽에 앉아 있는 세 명의 청년들을 쳐다보았다. 그들은 풍비를 향해 시선을 돌리더니 미소를 보였고 풍비의 눈동자에서 이채가 발하는 순간 십여 개의 젓가락이 풍비의 눈으로 날아들었다.

"웬 놈이냐!"

풍비가 외치며 검을 뽑아 듦과 동시에 젓가락을 가볍게 쳐냈다. 그러자 음식을 들고 가까이 다가왔던 점소이가 단도를 꺼내 들더니 급습하였다.

쉬악!

공간을 가르는 날카로운 바람 소리에 풍비가 재빨리 탁자를 뒤집어 점소이에게 날렸다.

쾅!

점소이의 단도가 탁자를 쳐 내는 그 찰나의 순간 풍비는 재빨리 주점 밖으로 몸을 움직였다. 막 주점 밖으로 나오던

풍비의 눈에 건장한 체격의 장한이 눈에 보였고 두 개의 비도
가 날아드는 게 보였다.

"이런!"

풍비는 놀란 표정으로 재빨리 검을 들어 앞에 날아드는 비
도를 쳐 냈다.

쾅!

"헉!"

가벼운 마음으로 비도를 쳐 내던 풍비는 비도에 실린 기운
이 마치 천 근 바위를 쳐 낸 것 같은 무거움과 묵직함을 가지
고 있자 깜짝 놀란 표정으로 주춤거렸다. 그때 남은 비도가
그의 왼 어깨를 파고들었다.

퍽!

"큭!"

밀려오는 고통에 절로 인상을 찌푸렸으며 재빨리 옆으로
물러섰다. 두 개의 비도가 날아들 때 쳐 내면서 전진하여 건
장한 체격의 장한을 공격하려 했으나, 비도에 실린 내력이 너
무 강해 그 계획이 실패한 것이다. 그게 처음의 실수였다.

두 번째 실수는 도망치지 않은 것이었고 세 번째 실수는
남궁세가의 앞마당이었기에 안심하고 함께하던 수하들과 떨
어져 단독 행동을 했다는 점이었다.

"누구냐!"

풍비가 너무 놀란 표정으로 어느새 자신을 포위한 구인(九

人)을 둘러보며 외쳤다. 그러자 비도를 던진 장한이 검을 꺼
내 들고 나머지 팔인도 검을 꺼내 들었다. 그들 사이에는 두
여자들도 함께하고 있었으며 아까와 달리 강한 살기를 뿌리
고 있었다.

스릉! 스릉!

"누구냐고 물었다."

풍비가 은연중 가장 강한 기도를 뿌리는 건장한 체격의
장한을 노려보며 묻자 그가 싸늘한 표정으로 입을 열었다.

"점창파에서 왔다."

"……!"

점창파라는 말에 풍비의 안색이 급변하였으며 절로 표정이
굳어졌다.

"네놈이 우리 둘째를 죽였더군."

"둘째 사형의 원수를 갚아 주마."

"개 같은 자식."

여기저기서 욕과 함께 강한 살기가 뿜어져 나왔으며 풍비
의 전신으로 식은땀이 흘러내렸다.

"무슨 말을 하는지 도통 이해를 못 하겠군. 점창파의 둘째
라니? 나는 금시초문이다."

"둘째 사형의 이름은 송유고 기린검을 가지고 있었다. 설
마 모르지는 않을 텐데?"

"송유? 기린검? 도통 모르겠군. 내 손에 기린검이 있지도

않은데 무슨 소리지?"

풍비의 말에 아주 잠시 동안 그들의 시선이 풍비의 검으로 향했다. 하지만 그의 손에 들린 것은 기린검이 아니었다. 그러자 아주 짧은 동요의 빛이 그들의 눈 속에 스쳤다. 그때를 놓치지 않고 풍비의 신형이 가장 어려 보이는 청년을 향해 날아들었다.

"막내야, 조심해라!"

"어딜!"

따다다당!

막내 주변으로 네 명의 청년들이 풍비를 놓치지 않고 막았으며 풍비는 빠져나가려다 다시 뒤로 물러나야 했다. 그때 건장한 체격의 청년이 재빨리 풍비의 가슴으로 파고들며 말했다.

"네가 풍비인 이상 무사히 빠져나갈 생각은 버려라."

"젠장!"

풍비가 파고드는 장한의 날카로운 십여 개의 검기에 놀라며 검을 들어 올렸다.

따다다당!

금속음이 요란하게 울렸으며 강력한 힘에 눌린 풍비의 신형이 비틀거렸다. 그때 뒤에서 검이 날아들었고 목으로 비도가 날아왔다. 풍비는 어금니를 깨물며 전신을 내력을 최대한 끌어 올렸다.

따당!

빠르게 회전하며 비도를 막고 검을 막아 낸 풍비는 재빨리 이들의 막내를 향해 검을 뻗었다. 그 순간 다리를 스치듯 지나치는 검은 그림자가 있었다. 눈으로 그림자를 쫓는 순간 이미 그 그림자는 자신을 지나쳤으며 어느새 등 뒤에 서 있었다.

"……!"

퍼퍽!

"헉!"

풍비가 너무 놀라 입을 크게 벌렸다. 그리고 허벅지가 갈라지더니 피가 쏟아졌고 극심한 고통이 전신을 타고 올라왔다.

"크아악!"

풍비의 비명성이 터졌으며 비틀거리며 물러서다 바닥에 주저앉았다. 그때 장한의 검이 풍비의 눈앞에 나타났다.

퍽!

오른 어깨를 꿰뚫은 검을 재빨리 뽑은 장한은 뒤로 물러섰다. 풍비는 어이없으면서도 황당한 시선으로 자신을 둘러싼 점창파의 사람들을 쳐다보았다.

"믿을 수가 없군…… 이 내가…… 점창파의 오합지졸들에게 당하다니……."

풍비의 말에 분노한 검은 복장의 청년이 한 발 나섰다. 그러자 건장한 체격의 장한이 그의 어깨를 잡았다.

"잠시."

장한의 말에 청년은 뒤로 물러섰다. 그의 일격에 풍비의 다리가 잘리고 무너졌기 때문에 풍비는 그 청년을 노려보고 있었다.

"기린검은 어디에 있느냐?"

장한의 물음에 풍비는 차가운 표정으로 그를 쳐다보았다.

"알고 있어도, 아니, 안다 해도 너희들이 얻을 수 있을까?"

퍽!

"크헉!"

풍비의 배를 발로 찬 장한이 싸늘한 표정으로 다시 물었다.

"말해 주면 편안하게 죽여 주마. 하나 말을 안 하면 네 껍질을 벗기겠다. 말해."

장한의 말에 풍비는 미소를 보이며 입을 열었다.

"내가 송유를 죽였다고 누가 알려 준 것이냐? 그걸 알려 준다면 대답하겠다."

장한이 그 말에 사형제들을 둘러보았다. 그들의 의견을 물은 것이다.

"어차피 죽을 놈…… 안다고 해서 문제 될 것은 없겠지요."

"알려 주세요."

사형제들의 말에 그는 곧 고개를 끄덕이며 풍비를 향해 입을 열었다.

"공천자가 알려 줬다."

"……!"

풍비의 동공이 커졌으며 그의 전신이 사시나무 떨듯 떨리기 시작했다. 믿을 수 없는 이름이 그의 입을 통해 흘러나왔기 때문이다. 도저히 믿지 못하겠다는 표정으로 장한을 쳐다보자 장한은 그 모습에 다시 말했다.

"삼도천의 공천자가 알려 준 사실이다."

"이럴 수가……."

풍비는 그의 입을 통해 다시 한 번 공천자의 이름을 듣자마치 벽이 허물어지는 느낌을 받아야 했다. 풍비는 곧 크게웃기 시작했다.

"하하하하하!"

점창파의 제자들은 한참을 웃는 그의 모습을 지켜보았다. 풍비는 그렇게 웃다 곧 어금니를 깨물며 일어서려 했다. 하지만 그게 마음대로 되지는 않았다.

퍽!

장한의 검이 풍비의 종아리를 찌르자 풍비는 여지없이 무너져야 했다.

"ㅎㅎㅎ…… 토사구팽이라…… 나의 존재는 그저 쓰다 버리는 말이었군……."

그의 목소리에는 수많은 감정들이 담겨 있었다.

'자식마저도…… 쓰다 버리는 말로 생각하다니…… 자식마

저도……."

풍비는 붉게 충혈된 눈으로 장한을 쳐다보며 말했다.

"기린검은 장권호가 가지고 갔다. 지금은 그를 따라다니는 시종이 쥐고 있지. 가서 달라고 하든가 싸워서 뺏든가 해 봐라, 후후."

"사실이냐?"

"내가 왜 거짓을 말하지?"

풍비의 말에 장한은 고개를 끄덕였다 그러자 청년의 검이 여지없이 풍비의 목을 지나쳤다.

픽!

제5장
손안에 가려진 검

　아침 해가 동쪽의 담장을 넘어 창 안으로 밝은 빛을 뿌리
자 눈을 뜬 장권호는 침상에서 일어났다. 그러자 기다리고 있
었다는 듯 서영아가 문을 열고 세숫물을 가져왔다.

　"일찍 일어난 모양이구나?"

　"네."

　장권호의 말에 서영아는 밝은 미소를 보였다. 하지만 눈빛
은 긴장한 듯 보였고 평소와 달리 음색도 조금 높았다.

　장권호가 세수를 하고 손을 씻자 서영아가 말했다.

　"밤에 잠을 제대로 못 잤어요."

　"나는 편안하게 잤는데 네가 못 자다니, 저런."

　손을 다 씻자 서영아가 수건을 건넸고 장권호는 물기를

닦으며 다시 말했다.

"오늘 같은 날 잠을 편히 잤다고 말하는 오라버니가 오히려 더 이상한 거예요."

"그런가?"

"물론이죠."

서영아가 고개를 끄덕였다. 그녀의 말에 장권호는 미소를 보이며 옷을 입었다. 서영아가 그 옆에서 옷을 입는 장권호를 도와주었고 곧 갈포로 옷을 갈아입은 장권호가 천천히 밖으로 나왔다.

문밖에는 깨끗한 백색 무복을 입은 남궁정이 서 있었다. 그는 상당히 굳은 표정이었고 긴장한 눈빛으로 장권호를 쳐다보았다.

"편히 주무셨습니까?"

"덕분에 잘 잤네."

"안내하겠습니다."

남궁정의 정중히 인사하고 장권호를 안내하였다. 장권호의 안내로 그가 나온 이유는 유독 장권호에 대해 호의적이었기 때문이다.

남궁세가의 많은 무사들이 문 앞에서부터 길게 서 있었다. 그들의 패기와 긴장감이 맴도는 무거운 분위기를 느끼며 남궁정의 뒤를 따라 걸었다. 곧 꽤 긴 회랑을 지나 후원으로 들어서자 넓은 정원과 가산이 보였고 남궁정은 가산을 지나 대나무가 우거진 오솔길 사이로 들어섰다.

그곳을 지나자 작은 별채가 있었고 넓은 마당이 보였다. 별채의 옆에는 큰 소나무 한 그루가 서 있었는데 그 밑으로 꽤 많은 사람들이 모여 있었다. 그들은 남궁세가의 직계 가족들로 모두 다가오는 장권호를 쳐다보고 있었다.

별채의 문 앞에 도착한 남궁정은 한쪽으로 물러섰고 장권호는 본능적으로 안으로 들어섰다.

"휴……."

남궁정은 장권호가 시야에서 사라지자 긴장이 풀린 듯 깊은숨을 내쉬었다. 서영아가 남궁세가의 가족들을 한 번 둘러보며 문 옆에 섰다. 입을 여는 사람은 아무도 없었다.

방 안에 들어선 장권호는 날카로운 예기에 눈을 반짝이며 의자에 앉아 있는 중년인과 상석에 앉은 반백의 노인을 둘러보았다. 곧 장권호는 그들을 향해 포권했다.

"후배 장권호가 두 분 선배님께 인사드립니다."

"와서 앉게나."

상석에 앉은 남궁휘의 말에 장권호는 곧 의자에 앉았다. 남궁호성은 전과 달리 날카로운 안광을 가지고 있었으며 칼날같이 예리한 기운을 품고 있었다.

마치 수많은 사선을 건너온 사람처럼 변모한 그의 모습에 장권호는 내심 놀라고 있었다. 이번 비무를 준비하면서 만전을 다한 것으로 보였다.

"나는 남궁휘라 하네."

"남궁호성이네."

둘의 소개에 장권호는 미소를 보였다. 남궁휘에 대해선 거의 듣지 못했지만 서영아의 설명으로 대충 알고는 있었다.

"두 분을 뵙게 되어 영광입니다."

"오히려 자네를 만나 영광이네."

남궁휘가 미소를 보이며 말했다.

"비무 전에는 자네를 만나고 싶지 않아 그동안 찾지 않은 것이네. 이해해 주게."

"별말씀을 다 하십니다."

장권호가 남궁호성의 말에 손을 저었다. 그러자 남궁휘가 궁금한 표정으로 물었다.

"우리 남궁세가에 도전한 특별한 이유라도 있는가?"

"최고이기 때문입니다."

장권호의 간단한 대답에 남궁휘는 눈을 반짝였고 남궁호성도 강한 기도를 내뿜었다. 그들의 반응에 장권호는 담담한 표정을 보였다. 하지만 절로 피부가 따끔거리는 느낌을 받아야 했다.

장권호의 대답은 간단했지만 그 속에는 무수히 많은 말들이 들어 있었다. '최고.'라는 한마디에 담긴 의미가 너무 많았기에 특별히 더 묻지는 않았다. 그 한마디면 만족했기 때문이다.

"나는 그저 참관인으로 구경만 할 생각이네."

"알겠습니다."

남궁휘의 말에 장권호는 공손히 대답했다. 장권호의 겸손한 자세와 단단한 바위 같은 기도에 남궁휘는 고개를 끄덕였다. 상당히 마음에 들어 하는 눈치였다. 남궁휘가 다시 말했다.

"그리고 참관인으로 한 명 더 구경하게 될 거네. 상관없는가?"

"상관없습니다."

장권호의 대답에 남궁휘는 눈을 반짝였다.

"참관인이 한 명 더 늘어난 것에 대해 후회할지도 모르는데 그렇게 쉽게 결정해도 되겠나?"

남궁휘의 물음에 장권호는 담담한 미소를 보이며 대답했다.

"분명 선배님을 제외한 또 다른 참관인은 강호에서도 내로라하는 고수겠지요. 이는 예상한 일입니다. 하지만 장백파의 무공은 본다고 해서 쉽게 가져갈 수 있는 무공은 아닙니다."

"그 자신감……."

남궁휘가 가만히 미소를 보이며 눈을 반짝였다.

"후회할지도 모르네."

남궁휘의 목소리는 담담했지만 강렬한 느낌으로 귀에 파고들었다. 남궁휘는 곧 고개를 돌려 방 안을 쳐다보며 말했다.

"나오게나."

"허락해 줘서 고맙네."

문을 열고 나온 중년인의 모습에 장권호는 눈을 반짝였다. 그리고 눈이 마주치자 본능적으로 강한 기도를 뿌렸다. 중년인은 장권호의 모습에 미소를 보이며 입을 열었다.

"반갑군. 무적명의 이름을 가져가기 위해 찾아온 낯선 손님이여…… 나는 강규라 하네."

"……!"

장권호의 눈빛이 크게 흔들렸다. 하지만 그것도 아주 짧은 순간의 일이었다. 곧 자리에서 일어나 포권하며 말했다.

"후배 장권호가 선배님께 인사드립니다."

"앉게나."

강규의 말에 장권호는 자리에 다시 앉았다. 그러자 남궁휘가 자리에서 일어나며 말했다.

"할 말은 많지만 지금은 우리가 주인공이 아니니 이만 빠지기로 하겠네."

남궁휘는 강규와 함께 천천히 밖으로 나갔다. 그들이 나가자 장권호와 남궁호성 두 사람만이 방 안에 남게 되었다.

'알아차리지 못했다……'

장권호는 강규의 존재를 파악하지 못했다는 사실에 많이 놀라고 있었다. 그리고 그의 무공이 범상치 않다는 것을 느꼈다.

자신이 알아차리지 못할 정도로 기척을 숨겼다는 것은 방안의 공기를 차단했다는 뜻이었기 때문이다. 그렇게 해야 장권호의 오감에서 숨을 수가 있었다.

그런데 그렇게 할 수 있는 강호의 고수가 과연 몇이나 있을까? 거의 없을 것이다.

거기다 그렇게 한다고 해서 다 알아차리지 못하는 것도 아니었다. 자신보다 무공이 낮은 자가 펼치면 여지없이 알아낼 수가 있었다.

하지만 강규는 알아차릴 수가 없었다. 적어도 자신이 생각하는 것 이상으로 강한 고수가 분명했다.

"두 사람이 나가니 마음이 편해지는군."

또르륵!

남궁호성이 먼저 입을 열며 찻잔에 차를 따랐다. 그 말에 장권호는 미소를 보이며 자신의 찻잔에 차를 따랐다.

"저도 긴장이 풀리는 것 같습니다."

장권호의 말에 남궁호성은 미소를 보였다. 남궁호성은 곧 차를 몇 모금 마시더니 천천히 입을 열었다.

"솔직히 말하면 자네와의 비무는 피하고 싶은 게 내 마음이네."

남궁호성의 말에 장권호는 의외라는 듯 남궁호성을 바라보았다.

"이유가 궁금합니다."

장권호의 물음에 남궁호성이 대답했다.

"지금 나는 적어도 자네보단 지켜야 할 게 너무 많기 때문이네."

장권호는 그의 말에 이해한다는 듯 선선히 고개를 끄덕였다.

남궁세가는 하나의 가문이 아니라 강남을 주름잡는 거대한 세력이었기 때문이다. 남궁세가에 의지하는 사람들의 수만 해도 수만은 넘어간다고 알고 있었다.

그들을 모두 부양하고 책임지는 사람이 바로 남궁호성이었다. 남궁호성은 그 무게를 이겨 내며 이 자리에 앉아 있었던 것이다.

남궁호성이 다시 말했다.

"자네도 한 문파나 가문을 책임지는 자리에 앉게 되면 느낄 무게지. 자네는 무엇을 위해서 이 비무를 하는 건가?"

"무적명의 이름을 가져가기 위해서입니다."

"그렇다면 내가 이겼군."

"……!"

남궁호성의 말에 장권호는 눈을 반짝였고 남궁호성의 전신으로 강한 기운이 뿜어져 나오기 시작했다.

"자신의 명예를 얻기 위해 비무를 하는 자네와 나 한 명에 의지하는 십만의 가족들을 부양하는 내가 비무를 하면 누가 이기겠나? 그 무게의 차이를 느끼게 해 주겠네."

남궁호성의 말에 장권호는 미미하게 고개를 끄덕였다.

십여 장 정도의 공터를 사이에 두고 장권호와 남궁호성이 서 있었다. 십여 장 정도의 공터를 제외하곤 모두 대나무가 촘촘히 둘러싼 장소였다.

대나무의 벽이 가로막고 있는 공터로 소슬바람이 불고 있었으며 간간히 대나무 잎이 바람에 흔들리는 소리가 들리고 있었다.

슥!

남궁호성이 검을 늘어뜨린 체 장권호를 바라보고 있었으며 장권호 역시 편안한 자세로 서 있었다. 멀리 떨어진 곳에서 느껴지는 기운들은 남궁휘와 강규였고 서영아였다. 그들을 제외하곤 이곳에 그 누구의 기척도 느껴지지 않았다.

"이런 긴장감…… 잊고 지낸 지 오래인데…… 자네로 인해 젊은 날의 기억이 떠오르네. 그때는 뭐가 그렇게 좋은지…… 늘 싸우기만 했지…… 피를 보고자 했고…… 개인적으로 자네에겐 고맙네. 내 잊어버린 승리에 대한 욕심을 가져다주었으니 말이야."

"저 역시 비무를 허락해 주셔서 감사합니다."

장권호의 말에 남궁호성은 미소를 보이며 강한 살기를 보이기 시작했다. 표정과 기도가 상반되는 모습이었고 그 모습에 장권호는 내력을 천천히 끌어 올리기 시작했다.

"이기고 싶은 마음이 강하니 선수를 양보하지는 않겠네."

"저 역시 양보할 생각은 없었습니다."

"훗!"

핑!

미소와 함께 거의 동시에 남궁호성과 장권호가 움직였다. 두 사람의 자리에 떨어진 대나무 잎들이 바람에 휘날려 허공으로 솟구쳤다.

*   *   *

방문을 활짝 열고 비가 떨어지는 모습을 진지한 표정으로 관찰하며 시간을 보내고 있는 유영천은 빗방울이 마당에 떨어져 사라지는 모습을 하나씩 눈에 담고 있었다.

땅에 닿아 부서지는 빗방울의 모습은 언뜻 비슷하게 보일지 모르지만 자세히 보면 제각각의 모습으로 흩어지고 있었다. 그 모습이 재미있게 느껴졌다. 사물의 겉모습을 대충 보는 것과 안쪽까지 자세히 보는 것은 분명 다르다는 생각이 들었다.

탁! 탁!

한참 동안 빗물을 바라보던 유영천은 빠르게 들어오는 발소리에 고개를 들었다. 그의 눈에 우산을 쓰고 들어온 향비의 모습이 보였다. 그녀는 처마 밑에서 우산을 접은 뒤 안으로 들어왔다.

"저 왔어요."

"봤다."

유영천의 심심한 대답에 향비는 곧 부엌으로 들어가 불을 때기 시작했다.

"장작 좀 미리 구해 놓지 그랬어요?"

"귀찮아서……."

유영천의 무료한 목소리에 향비는 그럴 줄 알았다는 듯 아미를 찌푸렸다.

얼마 지나지 않아 향비가 뜨거운 김이 피어나는 찻주전자와 찻잔을 들고 들어왔다.

또르르륵!

그녀가 따르는 찻물이 뜨거운 김과 함께 비에 젖은 방 안의 습한 공기를 따뜻하게 채우는 것 같았다.

유영천은 찻잔을 만지다 뜨거운 기운에 저도 모르게 미소를 보였다.

"좋군."

유영천의 미소에 향비는 고개를 끄덕이며 맞은편에 앉았다.

"무천자 어르신은 가셨어요? 안 보이시네요?"

그녀가 방 안을 둘러보며 묻자 유영천은 고개를 끄덕였다.

"며칠 전에 산으로 가셨다. 혼자 있으니 여간 심심한 게 아니더군. 네가 생각보다 일찍 와서 이제는 심심하지 않겠구나."

"제가 보고 싶어질 때까지 늦게 올걸 그랬네요."

"저런."

유영천이 가만히 미소를 보이며 차를 마셨다. 그 모습을 가만히 쳐다보는 향비의 눈은 상당히 밝게 빛나고 있었다.

"식사는 제대로 하시고 있는 거예요?"

"배가 고프면 나가서 먹고 아니면 자고…… 그게 일과지. 그것도 귀찮으면 굶고."

"한량이 따로 없네요. 기다리세요. 장이라도 보고 와야겠어요."

향비가 유영천의 대답도 듣기 전에 자리에서 일어나 우비를 입고 밖으로 빠르게 나갔다. 그 모습에 유영천은 짧은 숨을 내쉰 뒤 차를 마셨다.

향비의 체향이 방 안에 잠시 맴도는 것 같자 절로 미소를 머금었다. 이런 기분도 나쁘지는 않다고 생각했다.

꽤 시간이 흐른 뒤 짐꾼과 함께 다시 들어온 향비는 부엌에 들어가 음식을 하기 시작했다.

타타닥!

칼질하는 소리가 쉴 새 없이 이어졌고 진한 육수의 냄새가 방 안까지 밀려오고 있었다.

유영천은 하염없이 떨어지는 비를 바라보며 시간을 보내고 있었다. 그저 아무 생각 없이 이렇게 시간을 보내는 게 그에겐 가장 행복한 시간이기도 했다.

날이 조금 어두워지기 시작하자 향비가 상을 들고 들어왔다.

"식사하세요. 간단하게 해 봤어요."

향비가 상을 들고 들어와 탁자에 음식을 내려놓자 유영천은 눈을 반짝였다. 죽순을 볶은 것과 돼지고기와 야채를 함께 볶은 요리가 눈에 띄었고 작은 사각형으로 모양낸 두부도 있었다.

젓가락을 들어 밥을 입에 넣은 유영천은 만족한 표정을 보였다.

"밥이 잘되었네."

"고마워요."

맞은편에 앉은 향비가 젓가락을 들었다. 곧 조용한 가운데 두 사람의 젓가락이 움직였고 식사하는 소리가 조용히 실내에 퍼졌다.

한참을 먹던 향비가 생각난 표정으로 입을 열었다.

"장권호가 남궁세가주를 이긴다면 그다음은 천주님이겠지요?"

"그럴지도 모르지."

유영천은 향비의 물음에 미소를 보였다. 향비는 유영천의 미소에 그가 무슨 생각을 하는지 도저히 파악되지 않는다고 여겼다. 향비는 마음속으로 장권호가 남궁세가주인 남궁호성에게 패하기를 바라고 있었다. 그리고 그가 이대로 장백산으로 돌아가기를 원했다. 향비가 다시 말했다.

"여기 오면서 들은 건데 정천자께서 남궁세가로 가셨대요."

"……!"

향비의 말에 유영천은 밥을 먹다 굳은 표정을 보였다. 유영천의 모습에 향비는 조심스럽게 젓가락을 움직였다. 방 안의 분위기가 한순간에 무겁게 가라앉았기 때문이다.

유영천은 곧 표정을 풀며 밥을 먹기 시작했지만 입을 열지는 않았다. 무천자가 장권호와 만난다면 크게 걱정하지도 않았을 것이다. 그는 살생을 즐기는 성격도 아니었고 쓸데없이 싸우는 인물도 아니었기 때문이다.

하지만 정천자는 조금 달랐다. 그는 한번 손을 쓰면 피를 보는 성격이었고 그만큼 강한 인물이었다. 그가 장권호와 싸운다면 둘 중 한 명은 분명 죽을 것이다. 그게 누가 되든 그에겐 큰 아픔이 될 게 분명했다.

"참관인으로 갔다고 하니 큰 문제는 없을 것 같아요."

유영천이 그 말에 젓가락을 내려놓으며 차를 마셨다.

"참관인으로 만족하실 분이 아니지……."

유영천은 가만히 미소를 보이며 시선을 돌려 밖을 쳐다보앉다. 문밖은 여전히 비가 떨어지고 있었고 하늘은 여전히 검은 구름으로 가득 차 있었다.

"멀고 험한 길이군."

"예?"

"아무것도 아니야."

유영천의 중얼거림에 향비는 그게 무슨 말인지 궁금해 물었지만 유영천은 대답하지 않았다. 그 말은 장권호에게 한 말이었기 때문이다.

자기에게 오는 길이 멀고 험하다는 말이었고 당연히 향비는 알아듣지 못하였다. 유영천이 곧 다시 말했다.

"나는 소림사로 갈 예정인데 같이 갈까?"

"소림사요?"

"그래. 그런데 소림사는 알다시피 중들만 있는 곳이라 네가 가기에는 불편한 곳이지."

"갈게요."

잠시 고민하던 향비가 결정을 한 듯 대답하자 유영천은 재미있다는 듯 고개를 끄덕였다.

*　　　*　　　*

파팟!

좌측으로 빠르게 움직이는 장권호의 그림자 사이로 남궁

호성의 검이 빠르게 지나쳤다. 그리고 남궁호성의 면전으로 바람 같은 강한 기운이 날아들자 그는 재빨리 허리를 숙여 피한 후 장권호의 하체로 검기를 날렸다.

장권호는 좌측으로 피하면서 남궁호성의 안면으로 일권을 내질렀으나 재빨리 다시 몸을 움직여야 했다. 남궁호성의 검이 하체를 노렸기 때문이다.

휙!

우측으로 재빨리 반원을 그리며 돌아선 장권호는 남궁호성의 목으로 손을 칼날처럼 펴서 찔렀다. 재빠른 한 수였고 막기 힘은 일수(一手)였다.

하지만 남궁호성은 하체를 베는 자세에서 날아드는 한수에 당황한 기색 없이 허리를 재빨리 펴더니 손목을 움직여 그 탄력으로 검기의 원을 만들어 장권호의 팔을 잘랐다. 쉭! 하고 유형의 백색 검기가 원을 그렸고 장권호는 재빨리 손을 빼며 땅에 주저앉듯 회전하며 남궁호성의 정강이를 발로 가격했다.

팟!

남궁호성은 가볍게 뛰어 장권호의 발을 피하며 유형의 검기를 일으켜 장권호의 머리를 갈랐다. 일도양단의 도끼질 같은 초식이었고 땅으로 떨어지는 유형의 검기가 거대하게 빛나더니 번갯불 같은 섬광이 일어났다.

쾅!

강렬한 폭음이 울렸고 장권호의 신형이 우측에서 잔상과 함께 흔들리다 모습을 보였다. 극쾌의 보법으로 피한 것이다. 그리고 남궁호성의 앞에는 땅이 길게 파인 흔적과 함께 흙먼지가 일어나고 있었다.

남궁호성은 고고한 눈동자로 검을 늘어트린 채 장권호를 바라보고 있었으며 장권호는 양손을 늘어트린 체 남궁호성을 쳐다보고 있었다.

"손에 아무런 무기도 없는 자네가 검을 든 나와 이렇게 대등하게 싸울 수 있다니 참으로 놀랍군, 놀라워."

"과찬이십니다."

장권호의 말에 남궁호성은 고개를 가볍게 저으며 다시 말했다.

"아니야. 아무런 무기도 없이 맨손으로 검을 든 상대와 겨룬다는 게 얼마나 어려운 일인지 잘 알고 있다네. 물론 자네도 알고 있겠지만 말일세."

남궁호성의 말에 장권호는 대답하지 않았다. 남궁호성이 다시 말했다.

"자네는 충분히 자랑할 만한 실력을 가지고 있네."

남궁호성의 말처럼 장권호는 자기 자신에 대해 칭찬을 해도 될 실력이었다. 아무런 무기도 없는 상태에서 무기를 든 상대를 이긴다는 게 얼마나 어려운 일인지 장권호도 잘 알고 있었으며 남궁호성도 알고 있는 일이었다.

그런데 장권호는 지금까지 모두 무기를 든 상대를 상대해 왔으며 그들을 이겨 왔다. 아무런 무기도 없이 무기를 든 상대를 이기기 위해선 적어도 무기를 든 상대보단 적어도 한 단계 이상의 실력이 있어야 했다.

서로 비슷한 실력이라면 무기를 든 상대가 대다수 이길 것이다. 그것은 사실이었고 무기를 든 사람이 들지 않은 사람보다 월등히 유리하다는 증거이기도 했다.

지금까지 장권호가 상대한 사람들은 그 이름만으로도 강호가 들썩이는 대단한 고수들이었다. 그런 고수를 장권호는 지금까지 무기 없이 맨손으로 상대한 것이다. 그것을 알기에 그와 싸웠던 고수들도 장권호를 인정한 것이었다.

그들은 장권호의 강함을 인정했고 남궁호성 역시 장권호의 능력을 인정하지 않을 수 없었다. 하지만 비무는 비무였고 이기기 위한 싸움이었다.

남궁호성은 자신이 유리한 위치에서 시작한 비무라는 것을 잘 알기에 절대 질 수가 없었다.

상대를 제압하고 이기는 것보다 상대에게 인정을 받는 것이 훨씬 어렵고 힘든 일이다. 특히나 무림은 명성이 높으면 높을수록 자존심도 높아지기 때문에 더더욱 힘든 일이었다. 장권호는 그것을 원하고 있었고 그렇게 할 생각이었다.

장권호는 지금도 남궁호성에게 인정받기 위해 서 있었다.

"이제 염탐하는 것도 지겨우니 제대로 싸워 보세."

"물론입니다."

남궁호성의 말에 장권호는 미소를 보였다. 지금까지의 경합(競合)은 서로의 실력을 알아보기 위한 준비 운동과 같은 것이었다.

남궁호성의 눈빛이 자색으로 살짝 빛나기 시작했다. 그러자 그의 기운이 사납게 회오리쳤으며 사방으로 강한 바람을 만들어 내었다. 그의 주변에서 날아오는 바람의 기운에 장권호의 눈빛이 차갑게 번들거리기 시작했다. 남궁호성의 기도가 지금까지 수십 번 담금질한 칼날 같은 예리한 기운을 뿜었기 때문이다.

남궁호성은 검을 눈앞으로 들어 올리더니 왼손으로 천천히 검신을 만졌다. 그러자 그가 만진 검신이 붉은 자색을 띠었고 손은 천천히 검끝으로 옮겨졌으며 그의 검신은 손을 따라 붉게 변하였다.

그 모습에 장권호의 표정이 굳어졌다. 놀라운 모습이었기 때문이다.

슥!

붉게 변한 검신을 늘어트린 남궁호성의 눈빛에 자신감이 어렸으며 그의 기운이 다시 한 번 사납게 꿈틀거렸다.

"가겠네."

쉭!

바람처럼 앞으로 나간 남궁호성의 주변으로 용이 한 마리 나타났다. 드디어 백룡검법을 펼치기 시작한 것이다.

장권호는 내력을 끌어 올리더니 차가운 눈빛으로 왼손을 들었다. 그런 그의 팔에 감긴 천잠사가 은빛으로 반짝였다. 그때 붉은 용이 장권호를 덮쳤고 장권호의 왼팔이 용의 아가리로 들어갔다.

쾅!

"자양신공(紫陽神功)."

멀리서 보던 강규의 눈빛이 반짝였다. 설마하니 남궁호성이 자양신공을 펼칠 줄은 몰랐기 때문이다.

자양신공은 남궁세가의 비전절기이면서 익히기 매우 어려운 무공으로 알고 있었다. 무엇보다 자양신공의 무서움을 잘 알고 있는 강규였다.

강규의 눈이 절로 옆에 서 있는 남궁휘에게 향했다. 자양신공의 무서움을 자신에게 아주 친절하게 알려 준 인물이 바로 옆에 있었기 때문이다.

"검에 신기를 넣을 정도이니…… 팔성이군. 조금 아쉽겠소."

강규의 말에 남궁휘는 미미하게 고개를 끄덕이며 수염을 쓰다듬었다. 강규의 말처럼 현재의 남궁호성은 팔성의 자양신공을 익힌 상태였기 때문이다. 그것도 칠성에서 팔성으로 올라간 지 얼마 안 된 상태였다.

"구성까지 익혔다면 훨씬 수월하게 상대했을 터인데……."

강규가 다시 한 번 중얼거리며 눈을 반짝였다. 말은 구성이라 하였지만 남궁세가의 유구한 역사에서 구성까지 익힌 인물은 몇 명 없었고 대성한 인물은 두 명이 다라고 알고 있었다. 그중 옆에 있는 남궁휘는 구성까지 익힌 극강의 고수였다.

　"아쉬운 모양이군?"

　남궁휘가 은근한 시선으로 슬쩍 강규를 쳐다보았다. 강규의 눈에 살짝 투지가 어리더니 곧 사라졌다. 팔성의 자양신공을 익힌 남궁호성에 대한 투지였다. 그것은 강규라는 사람의 특징이었고 호기심이었다. 강한 상대를 만나면 여지없이 싸우고 싶어 하는 인물이었기 때문이다.

　"팔성의 자양신공이라 하여도 장권호의 호신강기를 무너트리긴 쉽지 않을 것 같소."

　"그렇겠지…… 하지만 장권호는 분명 고전할 것이네."

　남궁휘의 말에 강규는 미미하게 고개를 끄덕였다. 자신이라 해도 팔성의 자양신공을 이기기 쉽지 않을 게 분명했기 때문이다. 팔성의 자양신공은 검이 붉어지는 특징이 있지만 무엇보다 상대의 무기를 부러트리고 호신강기마저 파괴하는 무서운 신공이었기 때문이다.

　자양신공이 구성에 다다르면 어검술이 가능하고 수십 개의 검영을 실체화시킬 수 있게 된다. 꿈의 단계라 할 수 있었으며 대성을 하게 되면 눈빛만으로도 사람을 녹이고 풀잎만 들어도 세상의 모든 것을 파괴할 수 있는 뜨거운 신공이었다.

쾅! 쾅!

요란한 폭음성이 울렸고 사방으로 대나무 잎이 소용돌이 치듯 올라가자 남궁휘가 수염을 쓰다듬으며 눈을 반짝였다.

자양신공을 팔성까지 익힌 남궁호성이었기에 그의 승리를 내심 기대하고 있었다. 하지만 벌써 수십 초가 지났는데 장권 호의 모습은 여전히 그대로였다. 그 모습에 감탄하고 있었다.

"장백파의 무공은 확실히 외유내강이 아니라 외강내강이로 군. 단단해…… 마치 강철처럼 말이야……."

남궁휘가 살짝 미간을 찌푸리며 중얼거렸고 강규는 흥미 로운 표정으로 장권호와 남궁호성의 비무를 지켜보고 있었 다. 하지만 강규는 남궁호성의 움직임에는 전혀 관심이 없었 으며 오직 장권호의 모든 것을 관찰하고 있었다.

장권호를 파악해야 하는 것, 그게 이렇게 비무를 지켜보는 가장 근본적인 이유였다.

쾅! 쾅! 팍! 팍!

강렬한 충격과 가벼운 소음이 휘날렸다. 쉬아악! 하는 소 리와 함께 남궁호성의 검이 세 개의 회오리 같은 원을 그렸으 며 세 마리의 용이 강렬한 기운을 내뿜고 나아갔다. 장권호 는 재빨리 상체를 좌우로 흔들며 왼손으로 허공에 원을 그 렸다. 그러자 그의 앞에 회색빛 연기 같은 기운이 원형으로 모였다.

쾅!

남궁호성의 검이 원에 부딪치자 강렬한 충격음이 사방으로 퍼졌으며 장권호는 뒤로 한 발 물러서며 미간을 굳혔다. 왼손이 떨어질 것 같은 충격 때문이다.

핏!

가벼운 소음이 그 찰나의 순간 울렸으며 남궁호성의 검이 장권호의 왼 어깨를 베어 왔다. 장권호가 재빨리 왼팔을 들었다.

팍!

"......!"

남궁호성의 표정이 굳어졌다. 장권호가 왼팔을 희생하면서 막으려 했기 때문이다. 그 기회를 놓칠 남궁호성이 아니었기에 여지없이 장권호의 왼팔을 자르려 했다. 하지만 그의 생각과는 다르게 장권호의 팔은 잘리지 않았다.

당연히 남궁호성은 놀랄 수밖에 없었으며 구경하던 강규와 남궁휘도 놀란 표정으로 눈을 크게 떠야 했다. 자양신공의 검이 왼팔에 막혔기 때문이다. 무쇠를 두부처럼 자르고 호신강기조차 종이처럼 베어 버리는 검이 멈췄기 때문이다.

띵! 띠딩! 띵!

장권호의 왼팔에서 마치 거문고의 현이 튕겨지는 듯한 소리가 울렸으며 무색투명한 실이 왼팔 밑으로 흘러내리기 시작했다. 그의 왼팔에 감겨진 천잠사가 남궁호성의 검에 잘린 것이다.

그제야 남궁호성은 장권호의 소매 사이로 왼팔에 갈색 가죽이 감겨 있는 걸 보았고 천잠사의 은빛도 눈에 들어왔다.

갈포를 입고 있었기에 같은 색의 가죽이 지금까지 눈에 띄지 않았고, 지금에서야 볼 수 있게 된 것이다.

"너무 가까이에 있습니다."

"……!"

장권호의 말이 끝나는 순간 남궁호성은 눈을 부릅뜨며 뒤로 한 발 물러서야 했다. 자신의 눈앞에 십여 개의 회색 구체가 날아들었기 때문이다.

따다다다당!

남궁호성은 뒤로 물러서며 날아드는 회색의 구체를 막아내고 있었다. 장권호의 권을 하나하나 막을 때마다 검을 타고 밀려오는 강렬한 느낌에 밀려 나가고 있는 중이었다.

저벅! 저벅!

장권호는 천천히 앞으로 걸었고 남궁호성은 뒤로 물러서며 검을 움직였다.

특이한 것은 장권호의 양손은 늘어진 상태였고 그의 손이 움직이는 모습은 전혀 볼 수 없었다. 하지만 앞으로 걸음을 옮기는 그의 일 장 앞에는 분명 회색빛 구채가 십여 개씩 생겨나고 있다는 점이었다.

극쾌의 초쾌권(初快拳)을 극성으로 펼치는 중이었고 그의 초쾌권이 이렇게 극성으로 나타난 일은 지금이 처음 있는 일이기도 했다.

따다다당!

뒤로 물러서며 장권호의 권영(拳影)을 막고 있는 남궁호성의 전신으로 식은땀이 흘러내렸다. 장권호가 펼친 초쾌권은 하나하나 모두 무서운 위력을 품고 있었다. 무엇보다 자양신공으로 무장한 자신의 호신강기를 파고드는 힘에 놀라고 있었다. 그렇기 때문에 단 한 대도 맞을 수가 없었다.

무엇보다 상체와 얼굴로 날아드는 다섯 개의 권영은 긴장하고 막아야 했다. 한 대라도 맞게 되면 몸을 가누지 못할 정도의 충격이 예상되었기 때문이다. 무엇보다 대단한 건 단 한 번도 같은 곳을 향해 권영이 날아들지 않았다는 점이다. 무작위로 손을 뻗으며 날린 권영이었다.

남궁호성은 장권호의 권영을 막는 것보다 자신이 실수를 했다는 것에서 어금니를 깨물었다.

'십여 년이 넘도록 제대로 된 실전을 경험하지 못하더니 내 감도 무뎌진 모양이야…… 내가 이런 사소한 실수를 하다니……'

남궁호성은 자신의 실수를 곱씹으며 뒤로 물러서면서 천천히 내력을 끌어 올려 장권호의 권영을 막다 하나씩 좌우로 흘려보내기 시작했다.

"……!"

장권호는 한 발 앞으로 나서며 열두 개의 권영을 만들고 있었다.

처음 오 보는 남궁호성이 그저 막기만 하였고 자신이 펼친 권영 속에 담긴 파쇄공(破碎功)을 그대로 받아치고 있었다. 하지만 육 보 걸었을 때 열두 개의 권영 중 하나를 흘렸고 칠 보 걸었을 땐 두 개를 흘렸다. 그리고 십 보를 걸은 지금 절반의 권영을 흘린 상태였다.

장권호는 곧 남궁호성이 반격을 가할 거라 생각했고 지금 잡은 승기를 놓치기 싫었다. 지금처럼 압박을 가해야 남궁호성이 다시 실수를 할 것이라고 생각한 것이다.

팟!

장권호의 신형이 좌우로 늘어나더니 정면에서만 나타난 것이 아니라 좌우에서도 유형의 권영이 나타났다.

정면과 좌우에서 날아드는 권영은 그 수는 같았지만 모두 급소를 노린 것이었고 막을 수밖에 없었다. 반격을 가하기엔 너무 찰나의 시간이었고 몇 개의 권영을 무시하고 공격을 하게 되어도 자신의 뼈를 주고 살을 베는 일이었기에 손해가 컸다.

"큭!"

남궁호성은 반격을 하려다 그 틈을 놓치자 아쉬운 눈빛으로 장권호의 권영을 막으며 반보씩 물러섰다.

따다다당!

요란한 금속음이 울렸고 장권호의 신형은 여전히 세 사람으로 흔들리고 있었다. 극성으로 펼치는 유령보였기에 그렇게 보인 것이다. 그의 잔상이 허구가 아닌 실체가 되는 모습을 보여 주고 있었다.

'피할 곳은 허공뿐이다.'

장권호의 눈이 차갑게 반짝이며 남궁호성이 공수전환을 하기 위해 움직이기를 바라고 있었다.

남궁호성은 이대로는 안 된다는 생각에 어금니를 깨물며 한순간에 내력을 폭발시키듯 발출함과 동시에 급속도로 회전하였다.

"청룡승천(靑龍昇天)!"

쉬아아악!

강렬한 회오리바람과 함께 남궁호성의 몸을 감싼 거대한 청룡이 회전하며 솟구쳤다. 그 모습이 정말 용이 승천하는 모습처럼 보였고 그 속에 남궁호성의 모습이 있었다.

한순간에 내력을 발출하여 호신강기를 만든 남궁호성은 장권호의 권영을 막음과 동시에 솟구친 것이다.

"……!"

장권호의 눈이 반짝였고 밀려드는 강한 반탄력에 오 보나 물러섰다. 하지만 그의 눈빛은 사나운 맹수처럼 번들거렸으며 지금까지와는 다른 거대한 투기를 발산하였다.

'용신공(龍神功)……'

슈아악!

장권호의 전신으로 유형의 회오리가 발끝에서 일어나 가슴
까지 감쌌으며 그의 신형이 마치 활처럼 휘어졌고 오른손은
땅에 닿을 듯 뒤로 뻗어 있었다. 그런 그의 오른손에 회색빛
기운이 회오리치며 모였다.

그때 남궁호성의 신형이 뒤집히며 그의 주변으로 수십 개의
강렬한 적색 광채가 번뜩였다.

"백룡파산(百龍破散)!"

슈아아악!

하늘을 뒤덮는 수십 개의 용의 머리가 장권호의 눈앞을 가
득 채웠다. 하지만 장권호의 투기는 사라지지 않았으며 그의
오른손이 떨어지는 용들의 머리를 향해 뻗어졌다.

'파멸장(破滅掌).'

쉬아아악!

회오리치는 유형의 기운이 거대한 타원으로 변하며 허공으
로 솟구쳤다.

콰쾅!

거대한 폭음이 허공으로 솟구쳤으며 사방으로 뜨거운 불
꽃 같은 기운들이 회오리치며 뻗어 나갔다.

쏴아아아!

대나무가 우측으로 꺾어지며 부러져 나갔다. 장권호와 남

궁호성을 중심으로 방원 이십여 장의 안에 있던 대나무들은 하늘로 솟구치고 땅으로 꺼지며 사라지고 있었다.

"큭!"

"음……."

비틀거리는 두 사람의 모습은 회오리치는 회색빛 운무가 사라지고 나서야 나타났다.

둘은 오 장여의 거리를 두고 서 있었으며 장권호의 오른팔은 옷자락이 사라진 상태였고 수십 개의 혈선들이 마치 거미줄처럼 어지럽게 나타나 있었다. 그리고 그 사이로 핏방울이 흘렀으며 늘어뜨린 그의 오른손 중지 끝에서 핏방울이 하나씩 천천히 흘러내리고 있었다.

똑! 똑!

장권호의 발밑으로 떨어진 핏방울은 점점 크게 붉은 점을 그리고 있었다.

장권호는 날카로운 눈빛으로 검을 늘어뜨린 채 서 있는 남궁호성을 쳐다보았다. 남궁호성의 검은 붉은색이 아니라 평범한 은색을 띠고 있었으며 그의 오른 소매 역시 사라진 지 오래였다.

남궁호성은 굳은 표정으로 장권호를 노려보다 곧 기침을 하였다.

"쿨럭! 쿨럭! 우엑! 퉤!"

한 덩이의 핏물을 기침과 함께 뱉어 낸 남궁호성의 안색은 조금은 편안해 보였고 눈빛은 다시 차갑게 번들거리기 시작했다.

"많이 아프군."

남궁호성이 왼손으로 자신의 왼 옆구리를 만지며 중얼거렸다.

장권호의 파멸장을 막으려면 이미 자신이 펼친 초식을 거두어야 하는데 그럴 수 없었다. 백룡파산의 아주 작은 허점을 파고들어 온 파멸장이 먼저 옆구리를 가격한 것이다. 그 충격이 상당했으며 내상을 입어야 했다.

핏!

"음……."

장권호의 왼 어깨에서 핏물이 터지더니 살이 깊게 갈라졌다. 장권호는 절로 미간을 찌푸리며 왼 어깨를 지혈했다. 하지만 왼팔은 사용할 수 없을 만큼 깊은 타격을 입은 상태였다.

용신공으로 오른팔을 보호할 수는 있었지만 왼 어깨까지 보호할 수는 없었다. 무엇보다 호신강기까지 자르며 들어온 남궁호성의 검을 다 막을 수가 없었다.

장권호의 양팔은 곧 피로 물들었다. 남궁호성이 검을 가슴 앞으로 들어 올리며 말했다.

"보기보다 몸이 약하군. 그런 팔로 어디 젓가락이라도 들겠나?"

남궁호성의 입가에 미소가 걸렸으나 절대 장권호를 비웃는 웃음은 아니었다. 그것을 잘 아는 장권호였기에 기분이 나쁘지 않았으며 오히려 그의 여유 있는 모습에 미소를 보였다.

"어차피 맨손이라 젓가락을 들 필요는 없지요."

장권호의 말에 남궁호성은 고개를 끄덕이며 자양신공을 운용하기 시작했다. 그러자 그의 검이 다시 한 번 붉은빛을 발하기 시작했다. 하지만 전과는 달리 그 빛이 많이 약했으며 그것은 내상을 입었다는 증거이기도 했다.

내상을 입은 상태에서 펼치는 자양신공이었기 때문에 분명 남궁호성의 몸에는 무리가 갈 것이다.

'빨리 끝내야겠어.'

장권호는 몸을 비스듬히 옆으로 선 상태에서 남궁호성을 쳐다보았다.

그의 전신으로 아지랑이 같은 유형의 기운이 서서히 피어나기 시작했으며 마치 먹이를 노리는 사나운 맹수 같은 투기가 흘러나오고 있었다.

남궁호성도 이대로 계속 자양신공을 유지할 수 없다는 것을 잘 알고 있었다. 내공의 소모가 큰 신공이었기에 몸에 무리가 가는 것도 잘 아는 사실이었다.

그렇다고 자양신공을 포기할 수도 없었다. 그게 아니면 장권호의 공격을 막을 수 없었으며 그를 공격할 수도 없었기 때문이다. 그의 호신강기는 강하고 단단했으며 주먹은 칼날보다 예리하고 날카로웠다.

남궁호성은 자양신공이 아니면 안 된다는 사실을 알고 있었기에 풀지 못한 것이다. 자양신공을 바탕으로 펼치는 백룡검법은 장권호도 버거워하는 최고의 검법이었다. 그것을 알았기에 버리지 못한 것이다. 그 증거로 장권호의 양팔은 피범벅이 되어 있었다.

슥!

상체를 숙이며 반보 앞으로 나온 남궁호성의 입가에서 깊은 호흡 소리가 들렸다. 그리고 숨을 크게 들이마신 남궁호성의 눈빛이 차갑게 번뜩였다.

팟!

남궁호성의 신형이 번개처럼 앞으로 나아가며 다섯 마리의 용을 그렸다. 남궁호성의 주변으로 회오리치며 날아드는 다섯 마리의 용은 분명 적색을 띠고 있었으며 모두가 실초였고 사나웠다.

장권호의 면전으로 일 장까지 접근하는 순간 장권호의 신형이 잔상과 함께 흔들렸다.

그때 붕! 하는 소리와 함께 밑에서 마치 거대한 도끼 하나가 솟구치는 느낌이 들었다. 그것은 발이었고 장권호가 몸을 뒤집으며 발로 턱을 차려 한 것이다. 의외의 한 수였고 처음으로 발을 사용하는 장권호였기에 남궁호성은 놀랄 수밖에 없었다.

"……!"

놀란 남궁호성은 재빨리 초식을 멈추고 앞으로 나아가는 반동 그대로 허공으로 솟구쳐 반원을 그리며 장권호의 머리를 검으로 찔렀다.

핏!

날카로운 붉은 섬광이 몸을 뒤집던 장권호의 안면으로 떨어졌다.

그때 장권호의 다른 발이 남궁호성의 어깨를 찼다. 검을 찌르던 남궁호성의 움직임보다 더 빨리 닿은 게 장권호의 발이었다. 하지만 남궁호성은 지금의 초식을 멈출 생각이 없는 듯 인상을 굳혔다.

팍!

왼팔로 발을 막으며 검을 찌른 남궁호성은 다시 한 번 놀란 표정을 보였다. 장권호가 목을 움직여 피했기 때문이다.

그때 단전으로 장권호의 주먹이 뻗어 왔다. 남궁호성은 인상을 찌푸리며 왼 손바닥으로 막았고 몸을 뒤집었다.

팍!

휘리리릭!

장권호가 몸을 뒤집어 한 바퀴 도는 사이에 일어난 일이었고 남궁호성은 허공중에 떠올라 몇 번 돌더니 장권호의 뒤에 내려섰다. 처음과 완전히 반대 방향에 모습을 보인 것이다.

아주 짧은 사이에 손을 교환한 그들은 굳은 표정이었고 남궁호성의 전신으로 땀과 함께 뜨거운 기운을 발하는 아지랑이 같은 기운들이 피어나고 있었다.

장권호의 주먹을 막았다고는 하나 손바닥을 뛰어넘고 들어온 내력은 단전에 충격을 주었다. 내상을 입은 상태에서 막은 것이었기에 안색이 좋지 못하였고 고통도 컸다.

장권호의 주먹은 막았다고 해서 막은 게 아니었기 때문에 그의 선택은 옳은 일이 아니었다. 장권호의 주먹에 담긴 파쇄공의 내력이 그의 손을 뚫고 들어가 내장을 흔들었기 때문이다.

장권호는 빨리 끝내는 것이 서로에게 낫다는 생각을 했다. 그 순간 문득 목이 따끔거리는 느낌이 들었다.

주륵!

허공에서 찔러 오는 남궁호성의 검을 피한 상태였지만 검에 담긴 자양신공의 내력까지 피한 것은 아니었기에 검기에 살짝 목이 베인 것이다. 그곳에서 핏방울이 흘러내렸다. 금강불괴와도 같은 그의 몸에 상처가 나는 일은 극히 드물었기에 상당히 놀라고 있었다.

그래서일까? 장권호의 전신으로 더욱 강한 투기가 뻗어 나왔다. 곧 장권호는 차가운 눈빛으로 남궁호성을 노려보며 말했다.

"먼저 가겠습니다."

팟!

말과 동시에 장권호의 신형이 잔상과 함께 두 명으로 분리되어 좌우에서 두 개의 잔영을 만들었다. 날카로운 송곳 같은 잔영이 찔러 오자 남궁호성의 신형이 빠르게 회전하며 뒤로 물러섰다.

슈아아악!

회전하는 남궁호성의 주변으로 강한 검기의 바람이 솟구쳤고 장권호의 잔영이 삽시간에 사라졌다. 그때 장권호의 신형이 하나로 보였으며 남궁호성도 회전을 멈추고 검을 들어 장권호를 향해 나아갔다.

날아오는 남궁호성의 검을 피할 생각도 없는지 장권호의 오른손은 앞으로 뻗었다. 그의 오른손에 금색 아지랑이 같은 기운이 피어났으며 그의 신형이 찰나간 멈췄다.

'용신공 윤회장(輪回掌).'

장권호의 오른손 장심이 검끝에 닿을 듯했으며 남궁호성의 눈에 강렬한 적색 빛이 맴돌았고 검이 그 순간 매우 미세하게 흔들렸다.

"백룡난무(百龍亂舞)."

아주 짧은 찰나의 순간 장권호와 남궁호성의 주변에서 용의 그림자가 수십 개나 일어나 사방으로 뻗어 나갔다.

파파파팟! 쾅!

폭음성과 함께 장권호와 남궁호성의 신형이 마주쳤으며

장권호의 왼손이 어느새 남궁호성의 복부에 닿았다.

퍽!

"……!"

남궁호성의 눈이 커졌으며 그의 신형이 뒤로 십여 장이나
밀려 나갔다. 그렇게 멀리 밀려나서야 겨우 신형을 추스른 남
궁호성의 입술 사이로 핏방울이 흘렀으며 머리카락은 산발하
였고 상의도 너덜거리고 있었다.

남궁호성은 어이없다는 듯 장권호를 쳐다보았다. 좀 전에
백룡난무의 초식을 무력화시킨 장권호의 장영과 또 하나의
손이 복부에 닿았다는 사실 때문이다.

"허! 허허허허!"

남궁호성이 비틀거리며 어이없다는 듯 웃었다. 곧 그는 인
상을 찌푸리며 똑바로 섰다.

"왼손이 실초였군? 오른손은…… 그저 허울 좋은 겉모습
이었어……."

"그렇습니다."

장권호의 대답에 남궁호성은 고개를 끄덕였다. 하지만 그
의 안색은 급격하게 어둡게 변하기 시작했다. 심한 내상 때문
이다.

"손은 두 개라는 사실을 잠시 잊었어……."

남궁호성은 다시 한 번 중얼거리다 곧 검을 내렸다. 그 모
습에 장권호의 눈이 반짝였다. 비무 중 검을 내리는 일은 없

기 때문이다.

"나는 좀 쉬고 싶네."

그의 말에 장권호는 곧 허리를 숙였다.

"감사합니다."

슥!

남궁호성이 신형을 돌리며 가볍게 손을 들어 보였다. 그게 인사인 남궁호성은 천천히 대나무 숲 사이로 걸음을 옮겼고 장권호는 그 모습을 가만히 지켜보았다.

조금 처진 그의 어깨가 안타깝게 보였지만 동정심을 가질 필요도 없었다. 냉정하게 그 모습을 지켜보는 것도 장권호의 일이었다.

그때 바람 소리와 함께 햇빛을 가리는 검은 그림자의 모습이 잡혀 장권호는 절로 고개를 들어야 했다.

"하하하하!"

슈아아악!

태양을 등지고 날아드는 검은 그림자의 모습에 깜짝 놀란 장권호는 재빨리 내력을 끌어모으며 뒤로 반보 물러섰다. 그 순간 회색빛 잔영이 떨어져 내렸다. 그리고 장권호의 앞으로 백색 그림자가 아른거렸다.

제6장

풀잎은 마르고

"뭐 하는 짓이에요!"

외침과 함께 섬광이 장권호의 정면에서 피어났다.

쾅!

"큭!"

장권호는 서영아가 충격에 반보 물러서자 품으로 파고들어 오는 그녀를 받쳐 주었다.

"어린년이 대단하구나."

휘리릭!

허공중에 떠 있던 검은 그림자가 빠르게 회전하며 오 장여 앞에 모습을 보였다. 그는 구경하던 강규였고 그의 전신으로 강렬한 살기가 피어나고 있었다.

그는 자신의 장력을 받아 낸 서영아를 의외의 눈으로 쳐다보고 있었으며 그녀의 뒤에 서 있는 장권호를 향해 눈웃음을 보였다.

"계집에게 몸을 의지하다니, 물러 터진 녀석이로군."

강규의 말에 장권호는 차가운 눈동자로 전과 달리 강한 투기를 발산하였다. 그러자 서영아가 한 발 앞으로 나서며 검을 세웠다.

"도대체 지금 뭐 하자는 건가요? 정당한 비무를 마친 분이에요. 부상도 심한데 비겁하게 공격을 하다니, 양심이 없는 분이군요?"

"보기보다 간이 부은 계집이로군. 거기다 입도 날카로워."

강규가 미소를 보이며 뒷짐을 진 자세로 둘을 노려보고 있었다. 그의 눈은 맛있는 먹잇감을 앞에 둔 독사 같은 눈빛이었다.

그 강렬한 살기에 서영아는 마른침을 절로 삼켜야 했다. 상대가 누구인지 잘 알기 때문이다.

"중원을 어지럽히는 자는 당연히 제거를 해야지."

강규의 말에 장권호는 서영아의 어깨를 잡으며 말했다.

"내 일이군."

장권호의 말에 서영아가 어금니를 깨물며 비키려 하지 않았다. 지금 장권호의 몸은 정상이 아니었기에 강규의 상대가 될 수 없다는 것을 누구보다 잘 알기 때문이다. 오히려 자신이 싸우는 게 더 낫다고 그녀 스스로 생각한 것이다.

"제가 상대하는 동안 운기라도 하세요."

서영아의 말에 장권호는 미간을 찌푸리며 고개를 저었다.

"그저 피부만 살짝 베인 것뿐이니 걱정하지 말거라. 네가 염려할 정도는 아니다."

장권호가 말과 함께 서영아의 옆으로 나서자 서영아는 어금니를 다시 한 번 강하게 깨물었다. 그녀는 장권호가 아닌 강규를 쏘아보며 말했다.

"강호를 들었다 놓았다 하는 분이 이렇게 비겁한 분이었다니, 그 명성이 아깝군요. 적토대황 강규가 이렇게 비겁한 소인배였다니……."

"훗!"

핏!

강규의 왼손 검지가 가볍게 서영아를 허공에서 찌르자 적색 빛이 번뜩였다. 서영아가 번개처럼 검을 들었다.

땅!

"……!"

서영아는 강규의 지풍을 막는 순간 밀려드는 충격에 절로 몸을 떨며 뒤로 이 보나 물러섰다. 지공 하나에 이 보나 물러선 자신이 놀라웠고 강규의 무공에 다시 한 번 놀라고 있었다.

"호오…… 그년 참…… 대단한 년이로군."

강규는 다시 한 번 눈을 반짝이며 자신의 혈살지(血殺指)
에 겨우 이 보밖에 움직이지 않은 서영아의 무공을 칭찬했다.

"그만하지."

스윽!

소리 없이 나타난 반백의 노인은 서영아의 옆에 서 있었으
며 그는 강규를 쳐다보며 수염을 쓰다듬었다.

그는 남궁휘였고 그가 나타나자 강규는 미간을 살짝 찌
푸렸다.

"남궁 선배……."

강규의 말에 남궁휘는 서영아와 장권호를 슬쩍 본 뒤 강
규에게 말했다.

"여긴…… 다른 곳도 아닌 남궁세가네."

그의 말에 강규가 미간을 찌푸리다 깊은숨을 내쉬었다. 곧
그는 살기를 거두며 담담한 표정으로 말했다.

"지금 저를 막으시면 분명 후회하실지도 모릅니다."

"자네를 막지 않아도 후회하겠지."

"음……."

강규가 침음을 삼키며 수염을 쓰다듬었다.

강규의 입장에선 지금이 장권호를 죽일 수 있는 정말 좋은
기회였다. 이 기회를 놓치면 언제 또다시 장권호를 죽일 수
있는 기회가 올지 장담할 수가 없었다. 그렇기 때문에 이 기
회를 놓치고 싶지 않았던 것이다.

서영아의 존재야 이미 알고 있었기 때문에 크게 신경 쓰지 않았다. 물론 그녀의 무공이 자신의 예상보다 더욱 고강하다는 것은 잘 알지만 걱정하지 않았다. 어차피 장권호의 실력이 문제였기 때문이다.

만약 정상의 장권호와 서영아가 합심한다면 문제가 되겠지만 지금은 그런 상황도 아니었다. 장권호는 부상당한 상태였고 서영아 정도는 쉽게 처리할 자신이 있었다. 그런데 다른 방해꾼이 나타나자 고민할 수밖에 없었다.

남궁휘는 혼자 상대해도 결코 쉬운 상대가 아니었다. 거기다 서영아도 있었고 부상을 당했지만 장권호도 있었다. 남궁휘가 자신을 막으려고 나선 이상 불리하다는 것을 그는 잘 알고 있었다.

"가주가 장권호에게 패한 사실이 강호에 알려지면 남궁세가는 분명 명성에 큰 타격을 입을 것이오. 그래도 말릴 생각이오?"

"떨어진 명성은 다시 세우면 그만이네."

"남궁세가가 패한 사실은 변함이 없소이다."

"남궁세가가 패한 게 아니라 호성이가 패한 것이네. 그거야 다시 찾으면 될 문제네. 지금이 어려우면 대를 이어서라도 찾아오겠지."

그의 말에 강규는 더 이상 설득이 어렵다는 것을 알았다. 남궁휘가 그런 강규를 향해 천천히 다시 말했다.

"내가 본가의 명성이 떨어졌다는 것에 겁이라도 먹을 것으로 보이는가? 나는 그런 것에 연연할 나이도 지났네."

"명성도 관심 없고 패한 것도 관심 없는데 그럼 도대체 왜 말리는 것이오?"

"명성이야 다시 찾으면 그만이고 승부야 다시 하면 그만이네. 하지만 비겁한 짓은 두 번이 없네. 나는…… 그게 두려워. 그래서 말리는 것이네."

남궁휘의 말에 강규가 침음을 삼키며 수염을 쓰다듬었다. 그는 짧은 숨을 가볍게 내쉬었다. 남궁휘의 말이 무슨 의미인지 잘 알기 때문이다.

"비겁한 자신을 용서할 수 있겠는가? 그리고 그 상처는 영원히 남는 상처라네. 남궁세가의 이름에 그 상처를 만들 수는 없어. 아니, 만들어서도 안 되지."

"잘 알겠소."

강규가 고개를 끄덕였다. 남궁휘의 말에 오히려 설득을 당한 건 강규였다.

슥!

강규는 천천히 몇 걸음 서영아와 장권호에게 다가가더니 입을 열었다.

"오늘 공격한 일은 사과하지. 내가 생각이 짧았네."

"별말씀을 다 하십니다."

장권호가 예의 있게 대답하자 강규는 미소를 보이며 다시 말했다.

"이대로 그냥 가는 것도 그러니…… 그럼 한 달 뒤에 자네와 겨루기로 하지."

"……!"

장권호와 서영아의 표정이 굳어졌다. 강규는 그 모습에 차갑게 눈을 반짝였다.

"장소는 멀리 갈 필요도 없이 여기서 하는 것으로 하겠네. 어떤가? 설마 거절할 건가?"

강규의 말에 장권호는 곧 눈을 반짝였다.

"하겠습니다."

그의 대답에 남궁휘가 살짝 눈을 반짝였고 서영아가 경직된 표정으로 강규를 노려보았다.

강규 정도의 인물이라면 장권호의 몸 상태가 어떤지는 바로 알 수 있을 것이다. 한 달이란 시간은 장권호에게 상당히 짧은 시간이었고 그 시간 안에 정상으로 돌아오는 것도 어려웠다.

그런데도 한 달로 한 이유는 기필코 죽이겠다는 강규의 의지이기도 했다.

"이것까지 말릴 생각은 아니겠지요?"

강규의 물음에 남궁휘는 고개를 끄덕였다.

"알겠네. 그렇게 하도록 하게나."

"그럼 한 달 동안 다시 신세를 좀 지겠습니다. 저 둘도 보내지 마십시오."

강규는 말을 끝마치자 볼일을 다 본 듯 신형을 돌렸다. 그가 빠르게 사라지자 서영아가 화난 표정으로 말했다.

"아니, 한 달 만에 어떻게 치료를 하라고…… 도대체 말이 되는 소리를 해야지. 지금 당장 거절해요. 아니, 거절을 했어야죠?"

"충분해."

장권호의 대답에 남궁휘가 다가와 말했다.

"한 달 후로 한 이유는 본가를 믿기 때문에 한 말이니 의심하지 말게나. 본가에서 치료를 받으면 한 달 안에 충분히 원래의 몸으로 돌아올 테니 말일세."

"예?"

서영아가 그의 말에 놀란 표정으로 보이자 남궁휘가 미소를 보였다.

"본가에서 일을 하는 사람들 중에 의술에 정통한 사람들이 꽤 있다네."

*　　　*　　　*

장권호의 비무행으로 인해 강호는 때아닌 비무의 바람이 불고 있었다. 강한 자는 명예를 지키기 위해 약자의 비무를 받아야 했고 명성을 얻기 위해 비무를 하는 강호인들이 늘어나고 있었다. 지금의 강호는 비무시대였다.

그 와중에 강호에 다시 한 번 장권호의 거센 폭풍이 몰아쳤다. 그가 남궁세가주와의 비무에서 이겼다는 소문이 퍼져나간 것이다. 그 소문은 삽시간에 강호를 휘몰아쳤으며 장권호 명성은 더 이상 올라갈 곳이 없을 만큼 높이 올랐다. 하지만 높이 올라가는 만큼 그를 시기하고 질투하는 사람들도 많아지기 마련이다.

남궁세가도 비무에서 패한 만큼 명성에 큰 상처를 입은 상태였다. 더욱이 남궁세가주인 남궁호성이 장권호에 패했다는 이유로 세가맹의 맹주 자리에서 물러서야 한다는 목소리도 조심스럽게 흘러나오고 있었다.

"맹주라는 자리는 절대적인 힘을 가지고 있어야 할 자리지. 거기다 절대 패하면 안 되는 상징적인 자리이기도 하지. 그런 자리에 앉아서 패했으니 당연히 물러서야 한다는 말이 나오고 있어."

의자에 앉아 차를 마시며 남궁령을 향해 말을 한 손지우는 썩 안색이 좋지는 않았다. 남궁령은 손지우의 말에 차갑게 반짝이는 눈빛을 던졌다.

"그게 무슨 말이에요? 아버님은 부상당한 상태인데 형제라고 자처하는 사람들이 아버님의 걱정보다 맹주에서 물러서야 한다는 말을 먼저 하다니요? 순서가 맞지 않은 것 같군요."

"내 생각이 아니라 주위들은 말이야."

손지우가 흥분하지 말라는 듯 차분한 표정으로 말하자 남궁령은 어깨를 미미하게 떨었다. 생각을 해 보니 너무 괘씸하고 화가 나는 말이었기 때문이다.

"그 일은 아버님이 부상에서 회복하시면 의논할 문제라고 생각해요."

"그래야겠지…… 나야 별 관심도 없으니…… 누가 맹주가 되더라도 나와는 상관없는 일이니까."

"그건 무슨 소리예요? 언니와 상관이 없다니요. 언니도 엄연한 사대세가맹의 일원이잖아요?"

"그건 시집을 가기 전까지지."

손지우가 가볍게 미소를 보이자 남궁령은 짧은 숨을 내쉬며 차를 마셨다.

"어차피 여자라는 뜻이군요."

"맞아. 집에선 요즘 들어 시집을 가라는 압박을 심하게 하는 중이거든."

"오라버니가 먼저 가야 하지 않나요?"

"조만간 갈 거 같아."

남궁령이 손지우의 오라비인 손원을 거론하자 손지우는 살짝 아미를 찌푸리며 말했다. 여전히 사이가 좋아 보이지는 않았다.

"그런데 맹주의 자리에서 물러서야 한다는 말은 어디에서 들은 건가요?"

"지나가다…… 어차피 알게 될 일이라 말이 나온 김에 한 말이고."

손지우의 말에 남궁령은 고개를 끄덕였다. 세가맹의 일에 거의 관심이 없는 손지우도 들을 정도의 말이라면 남궁세가를 제외하곤 다른 삼대세가가 모두 알고 있는 일이라고 생각되었다.

"조만간 다른 세가의 가주들이 모두 한자리에 모일 생각인가 봐. 그때 확실한 해답이 나오겠지……."

"말이 안 돼요. 다른 가주님들을 무시하는 게 아니라 아버님을 능가하는 무공을 소유한 분들이 없잖아요? 장 소협에게 패했다고 하나 장 소협은 특별한 인물이에요. 그에게 패한 건 창피한 일도 아니고 오히려 그와 비무를 했다는 것 자체만으로도 충분히 영광이 될지도 모를 인물이에요."

"그가 무적명에게 패하면?"

손지우의 날카로운 물음에 남궁령은 입을 다물어야 했다. 손지우는 찻잔을 돌리며 찻잔에 그려진 학의 문양을 살피며 말했다.

"무공으로 따지면 분명 네 아버님을 이길 사람은 없겠지…… 하지만 패했다는 그 사실이 문제인 거야. 잘 알잖아? 거기다 장 소협은 아직 최고라 불리지 못하고 있어. 그에겐 넘어야 할 산들이 많잖아?"

손지우의 말에 남궁령은 아미를 찌푸리다 곧 입을 열었다.

"다음 달에 장 소협은 다시 한 번 비무를 할 예정이에요."

"다시? 설마 네 아버님과 다시 하는 것은 아니겠지?"

남궁령이 고개를 저었다.

"네, 아니에요. 장 소협과 비무를 할 사람은 강규예요. 강 선배님……."

"……!"

남궁령의 입에서 강규의 이름을 듣는 순간 손지우의 표정이 굳어졌다.

"설마…… 그럴 리가……."

손지우는 믿기 힘들다는 표정으로 남궁령을 쳐다보았고 남궁령은 천천히 고개를 끄덕였다. 그녀가 사실이라고 알리자 손지우는 어금니를 깨물며 자리에서 일어섰다.

"어디가요?"

"장 소협에게 가보려고."

"못 가요. 지금 휴식 중이라 아무도 들어오지 못하게 한 상태예요. 당분간은 장 소협도 휴식을 취할 모양이에요. 이야기를 들어 보니 장 소협도 부상이 심한 모양이에요."

"안 가봐도 되겠어?"

손지우가 묻자 남궁령은 미미하게 고개를 끄덕였다. 걱정이 되기도 하지만 지금은 그의 얼굴을 볼 수가 없었기 때문이다. 그를 좋아하지만 그보다 더욱 좋아하는 사람이 아버지였기 때문이다. 남궁호성의 얼굴도 아직 못 보았는데 어떻게 자식이 된 입장에서 아버지보다 장권호를 먼저 볼 수 있겠는가? 남궁령은 절대 그럴 수 없다고 생각하였다.

"아버님의 얼굴을 먼저 보고 싶어요."

남궁령의 말에 손지우는 미미하게 고개를 끄덕이며 그녀의 입장을 이해한다는 듯 다시 자리에 앉았다.

"너무 걱정할 필요는 없을 거야. 지금까지 장 소협과 비무해서 죽은 사람은 딱 한 사람 귀 문주뿐이었으니까……."

"네…… 알고 있어요."

남궁령이 고개를 끄덕였다.

*   *   *

남궁세가의 수많은 별원 중 하나인 풍월원에 기거 중인 강규는 외부와는 일체의 만남도 가지지 않았으며 홀로 칩거하다시피 했다.

방 안에 홀로 앉아 있는 강규는 무심한 눈빛으로 빈 허공을 바라보며 수많은 생각들을 하고 있었다. 그의 머릿속에 가득 차 있는 생각의 중심에는 장권호가 있었다. 장권호의 모든 움직임을 기억하고자 했으며 그 움직임에 따라 어떻게 대응해야 할지도 생각하고 있었다.

장권호의 작은 움직임 하나마다 수많은 초식들이 그의 머릿속에 떠올랐고 곧 사라져 가고 있었다.

그리고 생각을 하면 할수록 장권호가 대단한 인물이란 사실을 알게 되었다. 무엇보다 자양신공의 검을 아무런 무기도 없이 맨손으로 이겨 내었다는 것이 대단해 보였다.

'다람쥐처럼 날렵하고 곰처럼 우직하며 호랑이처럼 사납군……'

장권호에 대한 강규의 평가였다.

장권호의 무공을 직접 견식한 그였기에 더더욱 장권호의 무공이 대단해 보였다. 그런 그를 상대한다고 생각하자 가슴이 크게 뛰는 것을 알았다. 그것은 흥분이었고 절로 방 안에 강한 투기가 차올랐다.

"장백파의 무공이 좀 더 세상에 알려져 있었다면 좋았을 텐데…… 상당히 아쉽군……."

강규는 가만히 중얼거리며 장권호의 무공을 다시 한 번 곱씹고 있었다. 그때 소슬바람이 시원하게 방 안으로 밀려들어 왔으며 바람과 함께 인기척이 느껴졌다.

슥!

강규는 눈을 반짝이며 자신의 둥지 안으로 들어온 불청객을 향해 살기를 피웠다. 그의 살기가 방 안을 나가 내실로 이어졌고 곧 문밖으로 향했다.

문밖에서 걸어오던 불청객의 발이 잠시 멈췄다. 강규의 살기를 느꼈기 때문이다. 이는 곧 자신의 존재가 강규에게 들켰다는 것을 의미했고 그의 살기는 더 이상 접근하지 말라는 무언의 압력이기도 했다.

또한 소속을 밝히라는 말과도 같은 말이었다.

"남궁명입니다."

젊고 패기 있는 목소리가 집 밖에서 울렸다. 그의 목소리는 흘러오는 바람을 타고 방 안으로 들어갔다. 얼마 지나지 않아 집 안에서 낮은 목소리가 흘러나왔다.

"들어오너라."

강규의 목소리에 남궁명은 집 안으로 들어갔다.

남궁명은 삼도천에 속해 있는 무인이었고 특별한 인물이기도 했다. 강규도 남궁명을 잘 알고 있었기 때문에 그의 방문을 허락한 것이다. 만약 이곳이 남궁세가가 아니었다면 크게 화를 냈을지도 모른다.

그는 분명 아무도 오지 말라는 말을 남겼기 때문이다.

방 안에 들어온 남궁명은 내실에 들어왔다. 곧 방문을 열고 강규가 모습을 보였다. 그는 무심한 눈동자를 하고 있었으며 입술은 굳게 닫혀 있었다. 무엇보다 은연중 흘러나오는 차가운 예기에 남궁명은 절로 전신이 굳어지는 것을 느껴야 했다.

"내 분명 아무도 오지 말라고 했었는데 그 명을 어기면서까지 왔다는 것은 분명 이유가 있어서 그런 것이겠지?"

강규가 의자에 앉으며 말하자 남궁명이 얼른 허리를 숙였다.

"그렇습니다."

남궁명의 대답에 강규는 눈을 반짝였다. 곧 그는 손을 내밀었다.

"앉거라."

"예."

강규의 말에 남궁명은 의자를 당겨 앉았다. 강규와 이렇게 단둘이 독대한 일은 한 번도 없었기에 절로 긴장되었다.

'한번 싸우면 기필코 피를 보는 남자…… 거기다 한번 맺은 원한은 절대 잊지 않으며 후환을 없애기 위해 씨를 말려 버린다고 들었었지…….'

남궁명은 강규에 대한 무성한 소문들을 떠올렸다.

강규는 자신과 싸운 상대를 절대 살려 두지 않았다. 그가 원한을 가지고 다시 덤벼들지도 모르기 때문이다. 또한 자신에게 죄를 지은 원수는 기필코 죽였으며 그 가족과 친척들까지도 몰살시킬 정도로 철저한 인물이었다. 다행히 그 상대들이 사파의 인물들이었기에 강호에 큰 문제가 되지는 않았지만 그의 손은 분명 수많은 사람들을 죽인 손이었다.

"무슨 일로 왔느냐?"

강규의 물음에 남궁명은 생각을 멈추고 대답했다.

"천자님께서 아무도 오지 말라고 했었기 때문에 오지 않으려 했으나 장권호와의 비무에서 조금이라도 도움을 드리고

자 이렇게 명을 어기고 오게 되었습니다."

"재미있군."

강규가 남궁명의 말에 흥미로운 눈빛을 던지며 미소를 보였다. 그는 수염을 쓰다듬으며 물었다.

"네가 어떤 말을 할지 상당히 기대되는구나."

강규는 자신에게 정말 도움이 될 만한 정보를 남궁명이 가지고 있는지 의심스러운 눈빛으로 말했다. 또한 그의 말 속에는 정말 도움이 될 만한 정보가 아니라면 혼을 내겠다는 뜻도 포함되어 있었다.

"장권호는 절대 살수(殺手)를 쓰지 않습니다."

"……?"

강규가 그의 말에 의문스러운 표정을 보였다. 이해할 수 없다는 표정에 남궁명이 다시 말했다.

"그가 싸우는 모습을 옆에서 지켜본바 그는 절대 살수를 쓰지 않았으며 공격을 할 때 치명적인 요혈은 모두 피하고 있었습니다. 그건 그와 싸워 왔던 사람들이 모두 죽지 않고 살아 있다는 것이 증거입니다."

"상당히 재미있는 말을 하는구나."

강규는 남궁명의 말에 미미하게 고개를 끄덕이며 수염을 쓰다듬었다. 그리고 장권호와 남궁호성이 싸우던 모습을 떠올리고 있었다. 그러자 장권호의 움직임이 조금은 선명하게 나타나기 시작했다.

'명아의 말을 듣고 생각을 해 보니 확실히 치명적인 요혈은 피한 것 같군…… 여린 마음이 약점이란 말인가?'

아주 단순하면서 가장 기본이 되는 감정적인 부분에 대해 남궁명이 말을 해 주자 강규는 조용히 미소를 보였다.

"잘 알았다."

"조금이라도 도움이 되었으면 합니다. 그럼 저는 이만 가 보겠습니다."

"그래."

남궁명이 자리에서 일어서자 강규도 일어났다. 그는 나가는 남궁명의 모습을 보다 입을 열었다.

"명아야."

"예."

남궁명이 강규의 부름에 신형을 돌렸다. 그러자 강규가 미소를 보이며 말했다.

"네 말이 사실이라면 장권호는 분명 죽을 것이다."

"……!"

강규의 말에 남궁명은 조금 놀란 표정을 보였으나 곧 눈을 반짝였다. 강규가 다시 말했다.

"내게 바라는 게 있다면 말해 보거라, 내 기꺼이 네 바람을 들어 주도록 하마."

강규의 말에 남궁명은 이내 미소를 보이며 허리를 숙였다.

"지금 제 소원은 장권호의 죽음입니다."

탕약 냄새와 함께 방 안으로 들어선 서영아는 기분 좋은 표정으로 앉아 있는 장권호를 쳐다보았다. 장권호는 침상에 걸터앉은 채 들어오는 서영아를 쳐다보고 있었다.

장권호의 눈과 마주하자 서영아는 밝은 미소를 보이며 손에 들린 탕약을 내밀었다.

"맛도 좋고 냄새도 좋은 약을 가져왔어요."

"탕약이 뭐가 맛있다고……."

장권호는 말과 함께 서영아의 손에 들린 탕약을 받아 마셨다. 달달하면서도 쓴맛이 혀끝에 맴돌았다.

"어깨는 어떠세요?"

"많이 좋아졌어."

장권호는 미소를 보이며 양팔을 가볍게 들어 보였다. 하지만 그 모습이 조금은 부자연스럽게 보였다. 남궁호성의 검에 당한 상처가 아직 제대로 아물지 못했기 때문이다. 서영아는 장권호의 그런 모습에서 남궁호성의 검이 상상보다 더욱 무섭다는 생각이 들었다.

금강불괴와도 같은 장권호의 몸에 깊은 외상을 남겼기 때문이다. 자신도 장권호에게는 그렇게까지 할 자신이 없었다. 누구보다 장권호의 무공에 대해 잘 알고 있었으며 그의 외공이 얼마나 대단한지 알고 있는 그녀였다.

도검불침(刀劍不侵)의 몸을 한 장권호를 몇 번이고 목격한 그녀였다. 그렇기 때문에 더더욱 장권호의 어깨에 외상을 만든 남궁호성의 무공이 대단하게 느껴진 것이다.

"그건 그렇고 상당히 두렵네요."

장권호의 시선에 서영아는 그의 손에서 다 마신 탕약 그릇을 받으며 말했다.

"남궁세가주의 무공이요."

"두렵지."

장권호도 그녀의 말에 동의하며 고개를 끄덕였다. 다시 한 번 생각을 해 보면 분명 두려운 검공(劍功)이었다.

"남궁세가의 비전신공이 따로 존재하는 모양이에요."

"아마도 대단한 절기를 숨기고 있었을 거야."

"그건 어디라도 마찬가지겠지요. 강호의 수많은 문파들이 남에게 알리기 꺼리는 비전절기를 가지고 있으니까요. 남궁세가라고 해서 없을 리가 없지요."

그렇게 말한 서영아는 곧 조금 걱정스러운 얼굴로 다시 말했다.

"곧 강규와 비무를 하게 되는데 그 전에 몸이 다 낫겠어요? 나아야 할 텐데……."

"그 전에 충분히 다 나을 거야. 너무 걱정할 필요는 없어."

장권호가 걱정하지 말라는 듯 미소를 보이자 서영아는 조용히 고개를 끄덕이며 빈 그릇을 들고 밖으로 나갔다.

그녀가 나가자 장권호는 가부좌를 한 채 운기를 하기 시작했다. 약을 먹었으면 운기를 해 주는 것이 약 기운을 가장 빨리 받아들일 수 있는 방법이었기 때문이다.

저녁때가 되어서야 눈을 뜬 장권호는 창을 통해 저녁 하늘을 올려다보았다. 오랜만에 보는 붉은 하늘의 모습은 웅장하고 크게 다가왔다. 곧 서영아가 모습을 보였고 평소와 같이 서영아와 식사를 하고 잠시 명상을 하다 잠을 청하였다. 지금은 안정을 취하는 것이 최고였기 때문이다.

강규와의 비무가 오 일 앞으로 다가왔을 때 장권호는 생각지도 못한 인물이 직접 자신의 거처로 찾아온 것에 조금 놀랐다.

"앉겠네."

말과 함께 의자에 앉은 남궁호성의 모습에 장권호도 곧 의자에 앉았다. 서영아는 조용히 밖으로 나갔고 곧 방 안에 둘만 남게 되었다.

"몸은 좀 어떤가?"

"많이 좋아졌습니다."

"다행이군."

남궁호성은 장권호의 안색이 좋다는 것을 확인하고 만족한 표정으로 고개를 끄덕였다. 장권호는 곧 굳은 표정으로 말했다.

"예상치 못한 방문이라 솔직히 조금은 놀랍습니다."

"그런가? 내가 이렇게 찾아올 거라 생각지 못한 모양이군?"

"예."

장권호의 대답에 남궁호성은 수염을 쓰다듬었다. 그렇게 생각하는 게 어쩌면 당연했기 때문이다. 자신은 패자였고 패자의 입장에서 자신을 이긴 상대를 만나러 간다는 게 쉬운 일은 아니었기 때문이다.

"자네에게 패한 뒤 처음 며칠은 아무것도 하기 싫더군."

장권호는 그의 말에 입을 닫았다. 남궁호성의 말에 어떤 말도 할 수 없었기 때문이다. 남궁호성은 천천히 다시 말했다.

"그리고 며칠은 분노하였고 또 며칠은 슬퍼했지…… 그리고 며칠은 자네와 비무를 했다는 사실을 부정하고 후회했네…… 전에도 말했지만 나는 자네와는 달리 잃을 게 많은 사람이야."

후회했다는 말에 장권호가 눈을 반짝였다. 남궁호성은 잠시 침묵하며 차를 따라 마셨다. 그의 행동이나 모습은 전과는 달리 부쩍 나이가 들어 보였다.

"많은 것을 내려놓으면 좀 더 편해지겠지……."

남궁호성은 조용히 말한 뒤 찻잔을 내려놓았다. 곧 그는 장권호에게 시선을 던지며 말했다.

"강 선배는 두려운 인물이네. 알고 있는가?"

"익히 들어 알고 있습니다."

"그 정도로는 부족하네. 강 선배는 분명 자네를 죽일 테니까."

남궁호성의 말에 장권호는 천천히 고개를 끄덕였다. 자신도 남궁호성과 같은 생각이었기 때문이다.

"강 선배의 무공에 대해서 어느 정도 알고 있나?"

"거의 모르고 있습니다."

"하긴…… 강 선배와 비무를 하거나 싸운 사람들은 대다수 죽었으니 당연히 알려진 게 거의 없겠지……."

남궁호성은 천천히 고개를 끄덕였다. 그러자 장권호가 물었다.

"강 선배에 대해 제게 하실 말씀이라도 있으십니까?"

장권호의 물음에 남궁호성은 곧 입을 열었다.

"자네는 내게 궁금한 게 없는가?"

그가 갑자기 다른 말을 하자 장권호는 조금 의아한 시선으로 그를 쳐다보았다. 남궁호성이 다시 말했다.

"궁금한 게 있으면 물어보게나. 나도 궁금한 게 많기 때문에 내가 묻기 전에 자네의 질문에 답을 하도록 하겠네."

남궁호성의 말에 장권호는 고개를 끄덕이며 물었다.

"검신을 붉게 만든 그 무공이 궁금합니다."

"그건 본가의 비전이라 이름도 밝힐 수가 없다네. 하지만 그 성질은 알려 주도록 하지."

"오행으로 치면 금(金)입니까?"

"잘 아는군. 그렇지. 금에 속하는 신공이네. 장백파의 무공과 비슷한 면도 있을 게야."

남궁호성의 말에 장권호는 고개를 끄덕였다. 자신의 분쇄공이나 파쇄공이 금에 속하는 무공이기 때문이다.

"이번에는 내가 묻겠네."

"예."

"무적명과 왜 싸우려는 것인가?"

남궁호성이 반짝이는 시선으로 묻자 장권호는 짧은 숨을 내쉰 뒤 천천히 입을 열었다.

"대다수의 무인들이 원하는 것 중 하나가 천하제일이 아닙니까? 저는 그것을 얻고 싶을 뿐입니다. 또한 장백파의 무공이 제일이란 사실도 강호에 알리고 싶습니다."

그의 말은 누구나 원하는 소원과도 같은 것이었다. 실제 강호인들은 부귀영화보다 원하는 게 천하제일의 명성이었기 때문이다. 부귀영화보다 더욱 갈망하는 것이 바로 고수가 되어 천하에 명성을 떨치는 일이었다.

"과한 욕심이군. 하지만 자네라면 가능할지도 모르지."

남궁호성은 가볍게 미소를 보인 후 다시 말했다.

"강 선배가 그래서 자네를 죽이고 싶어 하는군…… 아니, 삼도천이라고 해야겠지."

그의 입에서 삼도천이란 말이 나오자 장권호의 표정이 굳어졌다. 하지만 본래의 표정으로 돌아온 그는 담담한 표정으로 말했다.

"강 선배의 무공에 대해 알고 계십니까?"

장권호가 질문을 던지자 남궁호성은 선선히 고개를 끄덕였다. 애초에 이렇게 문답을 하는 이유도 장권호에게 강규의 무공에 대해 알려 주기 위함이었다. 그리고 장권호는 분명 물을 거라 생각했고 그렇게 하라고 넌지시 의도를 가르쳐 준 것이다.

"강 선배의 무공은 너무 많아 다 알기가 어렵지…… 하지만 겉으로 알려진 것 중 하나가 적양신공(赤陽神功)인데 소림에서 나왔다는 말도 있지. 강 선배는 어릴 때 소림에서 무공을 배운 일이 있었다고 하네."

"그렇군요……."

"그리고 이미 적양신공을 대성한 상태이고 강 선배의 탈혼장(奪魂掌)은 강호의 일절이라 불리지…… 그리고 소문으로는 무영권(無影拳)을 익혔다고 하네. 물론 무영권은 소문이네…… 허나…… 그게 사실이라면 거의 적수가 없지 않겠나?"

남궁호성의 말에 장권호의 표정이 굳어졌다. 애써 담담한 표정을 보이려 해도 그게 쉽지는 않았다.

무영권을 익혔다는 고수는 꽤 있지만 실제 무영권에 가깝지는 않았다. 하지만 강규가 무영권을 익혔다면 정말 그것은 무영의 형체가 없는 권법일 것이다.

"자네가 익힌 장백파의 무공은 어느 정도인가?"

남궁호성의 물음에 장권호는 입을 열었다.

"장백파의 무공은 크게 세 가지로 나누는데 그걸 장백삼 공이라 부릅니다. 저는 그 삼공을 거의 다 익힌 상태입니다. 그 이상은 죄송합니다."

장권호의 간단한 대답이었지만 남궁호성은 눈을 반짝였다.

그의 간단한 대답에서 장권호가 장백파의 모든 절기들을 익힌 사실을 알았기 때문이다. 한 문파의 무공을 모두 익혔 다는 사실에 내심 크게 놀라고 있었다.

무엇보다 장백파의 무공은 알려진 게 거의 없다 하여도 수 십 가지가 넘는 것으로 알고 있었다. 그 수십 가지를 장권호 가 익혔다고 하는데 놀라지 않을 수 없었다. 보통의 사람이 라면 한 가지 무공만 평생 익혀도 모자를 것이고 천재라 해 도 한꺼번에 다섯 가지 이상 익히는 일은 극히 드물었다.

그런데 장권호는 수십 가지를 익히고 있었으며 알고 있었다.

"자네가 장백파 그 자체라는 말은 사실이군."

남궁호성의 말에 장권호는 담담한 표정으로 미소를 보였 다. 무언의 긍정이기도 했다.

"강 선배는 어떤 사람입니까?"

"자네도 소문을 들었다면 대충은 알겠지……."

"잘 모릅니다."

장권호가 선선히 고개를 저으며 대답하자 남궁호성은 미소를 보였다.

"소림에서 무공의 기본을 익혔고 그 외에 어디에서 어떻게 무공을 익힌지 모르나 스물다섯의 나이에 강호에 나와 가장 처음 한 일이 복수였다고 하네."

"복수라……."

"그 당시에 광동지방에 해룡방이라는 거대한 녹림집단이 있었는데 방주는 녹림왕이라 불린 거력패도(巨力敗刀) 윤민방이란 자였지. 내가 어릴 때의 일이라 기억이 나는데 당시에 윤민방의 해룡방은 그 방도 수만 해도 일천 명에 달할 정도로 큰 규모를 자랑했네. 그런데 어느 날 해룡방이 무너졌다는 소문을 들었지. 그 거대한 방파가 하루아침에 무너졌다고 하니 당연히 강호의 사람들은 궁금할 수밖에 없었고 해룡방을 무너뜨린 인물이 고작 스물다섯의 강 선배란 소문이 돌기 시작했네."

"해룡방과 원한이 있었군요."

"그렇지."

남궁호성은 고개를 끄덕였다. 곧 그는 다시 말했다.

"하지만 그다음부터가 재미있네."

"다음이라니요?"

"강 선배는 해룡방주를 죽이고 그곳에 있던 방도들도 죽였지. 하지만 많은 수의 방도들은 강 선배를 피해 도망쳤고 숨었다고 들었네. 하지만 강 선배는 포기 하지 않았지……
자신의 복수는 해룡방주가 죽었다고 끝난 게 아니었던 게
지…… 강 선배는 그때부터 해룡방에서 도망친 방도들을 끝
까지 따라가 죽였고 가족이 있으면 그 가족들도 죽인 거야.
해룡방도였던 사람들에 대한 추적을 시작한 거지…… 그것도
십 년 넘게…… 강 선배는 십 년이 넘도록 해룡방의 방도들을
하나씩 찾아가 모두 죽였네."

"음……."

남궁호성의 말은 등골이 서늘해지는 말이었고 그 집요함
에 놀라고 있었다.

"그 일이 알려진 뒤 그 누구도 강 선배와 엮이고 싶어 하지
않았네. 그게 원한이든 친분이든…… 그 어떤 것이라도 말이
지……."

"그럴 것 같습니다."

장권호가 재미있다는 듯 미소를 보였다. 남궁호성의 말로
그의 성격을 대충은 알 수 있었기 때문이다. 성격을 안다는
것은 생각보다 큰 정보였고 향후 강규와의 비무에서 큰 이득
을 줄 것이다.

남궁호성은 다시 말했다.

"강 선배의 가장 큰 장점이 그 집착일지도 모르네…… 그
러니 조심해야 할게야."

장권호는 남궁호성의 말에 문득 궁금한 표정으로 물었다.

"제게 이렇게 친절하게 대해 주시는 이유가 무엇입니까?"

"내가 질문할 차례 아니던가?"

남궁호성의 말에 장권호는 미소를 보였다.

"물어보십시오."

"강 선배와 비무를 하려는 이유는 무엇인가? 자네는 거절을 해도 되었을 터인데 거절하지 않았네…… 그 이유가 궁금하네."

장권호는 남궁호성의 물음에 잠시 생각을 하다 입을 열었다.

"강 선배에겐 여러 가지 묻고 싶은 말이 많이 있습니다. 그리고 만나고 싶었던 분이었고 이기고 싶은 분이기도 합니다. 그를 이기면…… 무적명이 나타날 거라 생각합니다."

장권호의 말에 남궁호성은 미소를 보이며 입을 열었다.

"자네에게 친절한 이유는 강 선배에게 패한 자네를 보고 싶지 않네. 무엇보다 나는 삼도천을 싫어한다네."

남궁호성의 말에 장권호는 미미하게 고개를 끄덕였다. 남궁호성이 남은 차를 다 마신 뒤 자리에서 일어섰다.

"할 말은 다 한 것 같군. 나는 이만 가보겠네."

"감사합니다."

장권호의 말에 남궁호성은 신형을 돌리다 미소를 던졌다. 장권호는 그의 배려로 이렇게 편안하게 남궁세가에서 치료를 받을 수 있었다는 사실을 잘 알고 있었기에 그 마음을 표현

한 것이다. 그리고 남궁호성은 말없이 받아 주었다.

"한 가지 깜빡 했군."

"무엇입니까?"

"남궁세가가 패한 게 아니라 나 남궁호성이 자네에게 패한 것이네. 그것만 기억해 주게나."

"알겠습니다."

장권호의 대답에 남궁호성은 곧 천천히 밖으로 나갔다. 그가 나가자 번개처럼 서영아가 안으로 들어왔다. 그녀는 반짝이는 눈동자로 안으로 들어와 장권호의 앞에 차를 따랐다. 장권호가 의자에 앉자 서영아가 물었다.

"남궁세가가 패배를 인정하지 않았군요?"

"예상한 일이지…… 지금까지 우리가 싸운 사람들은 모두 패했다고 말했으나 진정으로 패한 사람은 없었어. 언젠가…… 내게 잃은 명예를 찾기 위해 찾아오겠지……."

"지금은 오라버니가 중원으로 나왔지만 그때는 사람들이 장백파로 오겠군요."

"그렇게 되는 건가?"

"네."

서영아가 재미있고 즐겁다는 표정으로 고개를 끄덕였다. 그 모습에 장권호도 미소를 보였다. 지금은 그녀의 말처럼 자신이 중원으로 나왔지만 그때가 되면 분명 사람들은 장백파로 올 것이다. 자신이 찾아가는 게 아니라 상대가 찾아오는 일이었다. 입장이 달라지는 일이었다.

"남궁세가도 분명 오겠지요."

"그렇겠지······."

장권호는 남궁호성의 마지막 말을 떠올리며 고개를 끄덕였고 서영아도 그 말을 들었기에 미소를 보인 것이다.

"그날을 손꼽아 기다릴 거예요. 그러니 이기세요."

서영아의 말에 장권호는 차를 마시며 눈을 감았다.

제7장
붉은 손

　남궁호성이 세가맹의 맹주라는 자리에서 물러난다는 뜻을
밝히자 남궁세가에 모여들었던 다른 세가의 사람들이 모두
떠나기 시작했다.

　남궁호성이 물러난 세가맹의 맹주 자리는 하루라도 빨리
다른 누군가 앉아야 했다. 그리고 그 자리에 앉기 위해선 준
비해야 할 것도 많았으며 모두 자기 세가의 대표가 그 자리
에 앉아야 한다고 생각했다.

　세가맹의 맹주 자리는 실제 그렇게 가벼운 자리가 아니었
다. 단순히 세가맹의 맹주라는 명예스러운 이름만 갖고 있는
것이 아닌 것이다. 강남을 주름잡고 있는 세가들의 정점에 선
다는 뜻이었고 맹주가 속한 세가는 모든 일에 우선권을 갖

게 된다는 의미였다.

세가맹의 맹주라는 것은 강남의 모든 부와 명예의 정점에 선다는 것을 의미했다. 그 자리에서 남궁호성은 스스로 물러선 것이다. 남궁세가는 당연히 다음 맹주 선출에서 빠질 것이다.

이른 아침 집으로 출발하는 마차의 앞에 선 손지우는 마중 나온 남궁령과 함께 있었다. 아직 출발 준비가 덜 된 듯 부산스럽게 움직이는 손가의 무사들이 있었다.

"이제 가면 당분간 못 올 것 같아. 보고 싶어서 어쩌지?"

"쓸데없는 거짓말 하지 마시고 시집갈 때 부르세요."

"그건 아직 모르는 일이야."

손지우가 미소를 보이며 남궁령에게 조심하라는 듯 말했다.

"그렇긴 하죠. 그래도 전 당분간 안 갈 생각이에요."

"알았어. 이만 갈게."

남궁령의 말에 손지우는 고개를 끄덕이며 마차에 오르다 갑자기 생각난 듯 말했다.

"혹시 집에서 시집이나 가라고 뭐라 하면 우리 집으로 놀러 와. 네가 오면 나도 가족들의 등쌀에서 벗어날 수가 있거든."

그녀의 미소 진 말에 남궁령은 눈을 반짝였다.

"좋은 생각이에요. 조만간 또 볼 수 있겠는데요?"

남궁령의 말에 손지우는 고개를 끄덕이며 마차에 올랐다.

얼마 지나지 않아 손가의 식구들과 무사들이 남궁세가의

정문을 나서자 마중 나온 남궁세가의 사람들이 자리를 떠났고 남궁령은 자신의 방으로 향했다.

"아버님은 어떠셔?"

걸어가는 남궁령의 옆으로 남궁정이 다가와 물었다.

"묻지 말고 오라버니가 직접 만나 뵈면 되잖아요?"

그녀의 말에 남궁정은 곤란한 표정을 보였다.

"너와 달리 네게는 엄한 분이시다. 평소에도 어려운 분이신데…… 하물며 지금 같은 기분에서 어떻게 찾아뵙겠느냐……."

남궁정은 걱정스러운 표정을 보이며 말하자 남궁령은 고개를 저었다.

"웃고는 계시지만 웃는 게 아닐 거예요. 그리고 요즘은 계속 방 안에서 안 나오세요. 어머니만 출입을 허용하고 있기 때문에 저도 잠깐만 뵐 수 있었어요."

"그랬구나……."

"어머니도 당분간은 그냥 있으라고 했으니 그럴 생각이에요."

말을 하던 중 남궁령은 깊은 한숨을 내쉬었다. 지금의 세가를 생각하면 조금은 답답했기 때문이다. 그렇다고 큰일이 생긴 것도 아니고 큰 문제가 있는 것도 아니었다. 하지만 남궁호성의 패배가 집안의 분위기를 무겁게 가라앉혀 놓은 상태였고 당분간은 이런 분위기가 이어질 것이다.

"그래야지…… 그것보다 세가맹주의 자리를 놓고 다른 세가들이 좀 다툴 듯 보이는구나."

"그럴 것 같아요. 아무래도 제갈세가나 모용세가가 좀 더 목소리를 높일 것으로 보여요. 손가에서도 그냥 있지는 않겠지요."

그녀의 말에 남궁정은 고개를 끄덕였다.

"그런데 정말 강 노선배와 장 형이 비무를 하는 것이냐?"

"쉿!"

남궁령은 남궁정의 말에 놀란 표정으로 검지로 입술을 막으며 주변을 둘러보았다. 다행히 주변에는 사람들이 없었고 인적도 느껴지지 않았다.

"우리만 알고 있어야 할 비밀이에요. 혹시라도 이 소문이 밖으로 나가게 되면 할아버님께서 절대 가만히 있지 않을 거예요. 거기다 그 비무에서 장 소협이 이기게 된다면 강호에 큰 소란이 일어날지도 몰라요."

"아무리 감춘다 해도 소문은 퍼지기 마련이야."

남궁정이 남궁령의 말에 미소를 보이다 아쉬운 표정으로 말했다.

"문제는 그 비무를 보고 싶어도 못 본다는 것뿐이지."

"그건 저도 마찬가지예요."

"할아버님이나 아버님은 가신다고 들었는데 다른 사람은 못 가는 모양이야?"

"그런 모양이에요. 아쉽지만 어쩌겠어요."

걸음을 옮기며 대화하던 둘은 잠시 걸음을 멈추었다. 그들의 우측으로 대문이 하나 있었고 그곳을 넘어가면 장권호가 머무는 별원이 나온다.

잠시 둘은 장권호의 얼굴이라도 보고 갈지 말지 망설이는 듯 보였다.

"보고 싶으면 가서 보거라. 난 수련이나 하러 가야겠다."

"저도 제 방으로 갈게요. 지금 같은 기분으로 장 소협을 만나면 즐거울 것도 없을 것 같네요."

남궁령은 말과 함께 먼저 앞으로 걸어 나갔다. 그 모습을 잠시 보던 남궁정은 곧 뒤따라 걸음을 옮겼다.

"밖이 조금 시끄러운 모양이에요."

후원을 천천히 걸어가며 주변을 둘러보던 장권호는 서영아의 목소리가 들리자 잠시 걸음을 멈추었다.

길가에 멈춰 선 장권호의 곁으로 서영아가 빠르게 다가왔다. 그녀는 오랜만에 외출을 하고 돌아와서 그런지 기분 좋은 표정을 보이고 있었다. 남궁세가의 감시 때문에 그동안 외출을 못 하고 있었다.

하지만 남궁호성과의 비무가 끝난 뒤 남궁세가의 감시는 사라진 상태였고 그 결과 서영아의 외출이 가능해졌다.

이미 몇 번의 외출을 하고 온 그녀였고 올 때마다 새로운 정보나 소문들을 들려주었다. 오늘도 외출을 하고 돌아온 그녀는 장권호에게 자신이 알아 온 소문이나 정보들을 들려주려 하였다.

"밖?"

"네. 세가 밖이죠."

서영아가 얼른 옆에 다가와 서서 대답하자 장권호는 평평한 돌 위에 앉았다. 그러자 서영아도 그의 옆에 앉으며 말했다.

"세가맹의 맹주에서 남궁가주가 물러선다고 한 모양이에요. 아무래도 오라버니와의 비무에서 패한 게 원인이 되었겠지요."

장권호는 예상했던 일이기에 그저 고개만 끄덕였다.

"그 외에는?"

"강규에 대한 정보를 얻으려 했지만 쉽게 얻지는 못하였어요. 아무래도 강규에 대한 정보는 대다수 일급으로 취급하기 때문에 얻을 수가 없네요."

"아무래도 그렇겠지……."

장권호는 삼도천을 떠올리며 고개를 끄덕였다. 삼도천에서 정보를 더더욱 막고 있을 게 분명했기 때문이다.

서영아가 기분 좋은 표정으로 말했다.

"오라버니에 대한 소문도 많아요. 듣고 싶지 않으세요?"

"궁금한데?"

장권호가 호기심을 보이며 묻자 서영아가 말했다.

"남궁가주를 이긴 것이 강남 무인들에겐 상당한 충격이었던 모양이에요. 요즘은 조심스럽게 오라버니가 천하제일의 고수라고 불리는 모양이에요."

"아직은 아니다."

"하지만 기분은 좋아요."

서영아의 말에 장권호는 손을 저었다.

"천하제일은 존재하지 않아. 그저 강호라는 세상만이 존재할 뿐이다."

"그래도 사람이 사는 곳이잖아요. 그러니 천하제일도 승자도 패자도 있는 거예요."

"그렇기는 하지."

장권호는 선선히 고개를 끄덕였다. 서영아의 말이 틀린 말도 아니기 때문이다.

"들어가자."

장권호는 바위에서 일어나 천천히 방으로 향했다. 뒤따라 걷던 서영아는 객실로 다가오는 두 사람을 볼 수 있었다.

"누가 온 모양이에요?"

서영아의 말에 장권호는 눈을 반짝였다. 들어온 사람이 남궁세가의 총관인 남궁철이었기 때문이다. 그의 얼굴을 보는 것도 오랜만인 장권호는 미소를 보이며 반겼다.

"잘 지냈소?"

"물론입니다."

장권호의 말에 남궁철은 곧 자신의 뒤에 서 있는 이십 대 후반의 청년을 소개했다.

"점창파에서 온 손님이라오. 꼭 장 대협을 만나고 싶다 해서 실례인 줄 알지만 이렇게 모셔 왔소이다."

"점창파의 소정궁이라 하오."

소개를 받은 청년은 꽤 큰 키에 덩치도 좋아 보였다. 눈빛도 날카로워 인상이 강해 보이는 인물이었다.

"장권호라 하오."

장권호가 가볍게 미소를 보이며 인사를 나눴다.

"따로 할 말이 있다 하니 이만 가보겠소."

"다음에 또 뵙겠습니다."

남궁철이 장권호의 인사를 받으며 나가자 소정궁만 남게 되자 둘 다 객실로 들어가 앉았다. 서영아가 차를 따라 주자 소정궁의 눈이 반짝였다.

"점창파에서 무슨 일로 먼 이곳까지 온 것이오?"

소정궁은 장권호의 물음에 본론부터 꺼냈다.

"점창파에서 잃어버린 검을 찾고자 왔소."

검이란 말에 장권호는 무슨 뜻인지 알고 고개를 끄덕였다.

"검이라…… 송유의 검을 말하는 것이오?"

"사제를 알고 있소이까?"

"물론이오. 그리고 그 검도 물론 가지고 있소이다."

장권호의 대답에 소정궁은 자신도 모르게 자리에서 벌떡

일어섰다.

"그 검을 주시기 바라오. 그 검은 본래 우리 점창파의 보검이오."

소정궁의 급한 모습에 장권호는 고개를 끄덕였다. 자신도 그 검의 주인이 점창파라는 것을 잘 알고 있었기 때문이다. 하지만 문제가 있었다.

"영아야, 검을 가져오너라."

"예."

서영아가 곧 방으로 들어가 자신이 들고 다니던 기린검을 들고 나왔다. 그녀가 검을 들고 나오자 그 모습을 본 소정궁은 꽤 흥분한 모습을 보이며 다시 앉았다.

장권호는 검을 손에 쥐고 말했다.

"송 형의 손에서 뺏은 것은 아니니 오해는 마시오."

"알고 있소이다."

소정궁이 고개를 끄덕였다. 자신도 대충 돌아가는 상황에 대해 알고 있었기 때문이다. 장권호가 다시 말했다.

"본래라면 우리가 점창파로 이 검을 보냈어야 했으나……시간이 없어서 그러지 못했소이다. 그렇다고 점창산까지 갈 수도 없었기에 지금까지 가지고 있었던 것이오. 그런데 정말 점창파의 제자가 맞는 것이오?"

장권호의 물음에 소정궁은 예상이라도 한 듯 명패를 꺼내 보여 주었다. 점창파의 명패인지 잘 모르는 장권호였기에 시선을 돌려 서영아를 쳐다보았다. 서영아가 강호에 대해선 해박한 지식을 가지고 있었기 때문이다.

"맞아요. 점창파에서 많은 제자들이 강호에 나왔다고 들었는데 여기까지 오실 줄은 몰랐네요. 하지만 사일검법을 눈으로 확인해야 할 것 같아요. 이름이나 명패는 가짜로 만들 수가 있으니까요."

서영아가 조금은 의심스럽다는 듯 말하자 장권호는 고개를 저었다.

"아니다."

장권호는 대답 후 소정궁에게 시선을 던지며 검을 내밀었다.

"가지고 가시오."

소정궁은 장권호가 검을 내밀자 기쁘면서도 의아한 시선을 던졌다. 서영아의 말처럼 조금은 의심을 해야 했기 때문이다. 잠시 망설이는 소정궁의 모습에 장권호가 말했다.

"죽은 송 형의 원한은 갚았소?"

장권호의 물음에 소정궁은 천천히 고개를 끄덕였다.

"그렇소이다."

"음……."

장권호는 소정궁의 대답을 듣자 풍비의 얼굴을 떠올렸다. 소정궁이 다시 말했다.

"삼도천의 풍비라는 놈이었는데 장 형도 알고 있는 모양이오?"

"그렇소. 그런데 풍비는 죽은 것이오?"

소정궁이 고개를 끄덕였다. 풍비가 죽었다는 것을 확인한 장권호는 미간을 찌푸렸다.

"풍비가 삼도천의 사람이란 것을 알고 죽인 것이오?"

"물론이오. 그리고 삼도천에서 송 사제를 죽인 사람이 풍비라는 사실을 알려 주었소이다."

소정궁의 말에 장권호는 눈을 반짝이다 곧 담담한 표정을 보였다. 소정궁은 검을 손에 쥐고 일어섰다.

"이만 가보겠소이다. 그리고 감사하오. 나이는 내가 더 많은 것 같지만 장 대협은 대협이라 불릴 자격이 있소."

소정궁이 정중한 표정과 목소리로 말을 한 후 인사했다. 자신이 점창파의 제자이고 기린검과 같은 보검이 점창파의 물건이라 하더라도 잃어버린 것은 점창파였다. 아무런 대가도 없이 그저 말만 듣고 보검을 내주는 장권호의 모습에서 소정궁은 놀란 것이다.

"만나서 반가웠소."

장권호가 미소를 보이며 일어나 소정궁을 보내 주었다. 그가 나가자 서영아가 불만스러운 표정을 보였다.

"아깝네요…… 좋은 검이었는데……."

서영아가 보검을 그냥 아무런 조건도 없이 내준 것에 상당히 큰 불만을 품은 듯 입술을 내밀었다.

"늘 가지고 있던 검이 없어서 그런지 손이 허전한 기분이에요."

보검에 대한 욕심은 무인이라면 누구나 가지고 있을 것이다. 서영아라고 해서 없을 리가 없었다. 더욱이 기린검은 보기 드문 명검이었고 비선검법을 펼침에 있어서 더욱 강한 능력을 발휘하는 검이었다.

"많이 아쉬운 모양이구나?"

"한동안 함께 있었으니까요. 검은 무인에게 분신과도 같잖아요. 제 분신이 떨어져 나갔는데 아쉽지 않겠어요?"

장권호는 서영아의 풀 죽은 모습에 미소를 보이며 그녀의 어깨를 다독였다. 서영아는 아쉬우면서도 섭섭한 마음을 가지고 있었다. 아무것도 받지 않고 그냥 주었다는 것에 불만이 있었지만 애초에 처음부터 점창파의 검이란 사실을 알고 있었기에 크게 표현하지는 않았다.

그 사실을 모르고 장권호에게 받아 사용했었다면 불만이 컸을지도 모른다.

"이제 제게 검이 없으니 날개가 꺾인 비둘기와 같군요, 휴우⋯⋯."

"하나 장만해 줄 테니 너무 서운해하지 말거라."

"정말이죠?"

서영아가 눈을 반짝이자 장권호는 고개를 끄덕였다. 그러자 서영아가 다시 말했다.

"기린검에 버금가는 명검으로 해 주세요."

"하하하! 그렇게 하마."

장권호는 유쾌한 표정으로 대답했다. 하지만 고민을 할 수밖에 없었다. 기린검에 버금가는 검을 찾기가 쉽지 않았기 때문이다.

"장백파에 돌아가면 좋은 검을 주도록 하마. 그동안에는 시장에서 하나 장만해서 쓰거라."

"알았어요."

서영아는 대답 후 밖으로 나갈 준비를 하였다.

"지금 가려고?"

"네. 검이 없다는 것 자체가 불안하거든요."

"해 지기 전에 오너라. 저녁을 혼자 먹고 싶지는 않구나."

"알겠어요."

서영아는 대답 후 빠르게 밖으로 나갔다.

그녀가 나가자 장권호는 조용해진 실내를 한 바퀴 둘러보다 곧 눈을 감고 생각에 잠겼다. 그의 머릿속엔 강규의 모습만이 가득했다.

쨱! 쨱!

참새들의 울음소리에 눈을 뜬 서영아는 빠르게 일어나 장권호의 방으로 달려갔다. 오늘은 특별한 아침이었기에 일찍 일어나 장권호를 찾은 것이다.

방문을 열고 안으로 들어간 서영아는 장권호의 자는 모습을 생각했지만 그의 모습은 침상에 없었다. 오히려 잘 정리된 침상의 모습에 서영아는 짧은 숨을 내쉬며 장권호를 찾기 위해 밖으로 나갔다. 어차피 밖에 나가도 후원이 전부였고 이곳을 벗어나지는 않았을 거라 여겼다.

　밖으로 나간 서영아는 후원을 둘러보다 장권호의 모습이 안 보이자 안색을 바꾸며 급한 걸음으로 문을 나섰다.

　"어딜 갔지? 설마 도망갔을 리는 없고…… 오라버니도 진짜!"

　서영아는 투덜거리며 문을 나섰고 그녀의 신형이 빠르게 사라져 갔다.

　숲 속에서 불어오는 바람 소리가 시원하게 장권호의 머리를 지나치고 있었다. 장권호는 작은 계곡 물에 발을 담그고 앉아 있었으며 그의 표정은 상당히 편안해 보였다.

　차가운 계곡 물의 느낌을 받으며 장백산에서 지내던 추억을 떠올렸다. 이곳의 물은 장백산의 계곡 물만큼 차갑지는 않았으나 나쁘지는 않았다. 평정심을 유지하고 마음의 안정을 찾기에는 큰 무리가 없었다.

　발을 물에 담그자 절로 지나간 과거의 기억들이 떠올랐으며 추억들이 향수로 다가왔다. 문득 장백산으로 돌아가고 싶다는 생각이 들었다. 그리고 종미미도 보고 싶었고 가내하의 얼굴도 그리웠다. 정영과 사매의 얼굴도 머릿속에서 떠나지 않고 있었다.

나뭇잎 사이로 햇살이 내려오자 장권호는 눈을 뜨고 잠시 하늘을 바라보았다. 간간히 보이는 구름들과 태양의 모습이 기분 좋은 아침을 말해 주고 있었다.

슥!

자리에서 일어선 장권호는 천천히 느린 걸음으로 대나무 숲을 향해 움직였다.

오늘이 강규와 비무를 하는 날이었다.

*   *   *

무심한 표정으로 찬물에 목욕을 마치고 나온 강규는 거울 앞에서 천천히 백색 무복을 걸쳐 입으며 장권호의 모습을 떠올리고 있었다. 그의 눈빛은 차갑다 못해 무색투명한 빛을 보이고 있었다. 아무런 감정도 읽을 수 없는 그런 표정과 눈이었다.

길게 흘러내린 검은 머리카락을 세심한 손길로 천천히 이마 뒤로 모두 넘겨 묶었다. 그러자 훤한 이마와 하늘로 솟은 듯한 굵은 눈썹이 모습을 보였고 더욱 강인한 인상이 나타났다.

옷깃을 다듬고 천천히 밖으로 나온 그는 한참 동안 밖에

서 기다린 남궁명을 볼 수 있었다. 남궁명은 강규의 모습을 보자 곧 허리를 숙였다.

"편히 주무셨습니까?"

"잘 잤지. 가자."

"예."

남궁명은 공손히 대답한 뒤 천천히 강규를 안내하며 걷기 시작했다. 둘은 말이 없었고 팽팽한 공기가 주변을 맴돌고 있었다. 곧 후원으로 들어섰고 또다시 한참 동안 걸은 후에야 대나무 숲길에 올라올 수가 있었다. 거기까지 도착하자 남궁명이 자리를 피했다. 더 이상 접근할 수 없었기 때문이다.

강규는 남궁명이 떠나가자 곧 죽림 길을 따라 천천히 공터로 향했다. 그리고 얼마 못 가 자신을 기다리는 남궁휘와 남궁호성의 모습을 볼 수 있었다.

"장권호는 왔소?"

"아직입니다."

남궁호성이 대답하자 강규는 눈을 반짝이며 천천히 공터의 중앙으로 이동했다. 그는 전에는 불과 십여 장 정도의 넓이였던 공터가 지금은 삼십여 장으로 넓어진 것에 눈을 반짝였다. 남궁호성과 장권호의 싸움이 치열했다는 증거였기 때문이다.

그리고 쓰러졌던 대나무들은 어느새 다 치웠는지 그 모습을 찾아볼 수 없었으며 뿌리째 뽑아 간 듯 쓰러진 대나무가 있던 자리는 평평하게 다져 있었다. 남궁호성이 비무를 위해 땅을 고른 것이 분명했다.

"옵니다."

발소리에 고개를 돌린 남궁호성은 다가오는 장권호와 서영아를 발견하고 말했다. 그의 말에 강규도 곧 시선을 돌려 다가오는 장권호를 쳐다보았다.

그의 모습을 잠시 바라본 강규는 미소를 보이며 미미하게 고개를 끄덕였다.

"우려와는 달리 몸 상태가 좋아 보이는군."

강규는 조용히 중얼거리며 장권호가 회복한 것이 아쉽다는 듯 입맛을 다시며 뒷짐 졌다. 곧 장권호가 강규의 앞에 섰다.

"선배님께 후배 장권호가 인사드립니다."

"그렇게 인사할 필요는 없네. 어차피 자네는 중원인이 아니기 때문에 내 후배가 될 수 없다네. 우린 그냥 서로를 이겨야만 하는 적으로 만난 거니 오해하지 말고 최선을 다해 주게나."

"알겠소."

강규의 말에 기분이 상할 수도 있었지만 장권호는 짧고 굵게 대답했다. 후배가 아니라고 하는데 존칭을 할 이유도 사라졌다. 그의 대답에 강규가 미소를 보였다. 자신의 말뜻을 모두 알아들은 것처럼 보였기 때문이다.

강규가 다시 말했다.

"비무를 하기 전에 잠시 이야기나 나눠 보는 게 어떻겠나?"

강규의 말에 장권호는 고개를 끄덕였다. 장권호도 강규에게 물어볼 말이 있었으며 대화를 나누고 싶었기 때문이다.

　"그렇게 하겠소."

　장권호의 대답에 강규는 몸 밖으로 흘러나가던 내력을 안으로 갈무리하며 살기를 거두었다. 그 모습에 장권호도 투기를 거두었다. 그러자 강규가 편안한 자세로 입을 열었다.

　"자네가 설마하니 이렇게까지 높게 치고 올라올 줄은 몰랐네. 자네에 대한 소문은 익히 들어 알고 있었지만 아직은 애송이라 생각했었네. 불과 일 년 전까지만 하더라도 자네가 이렇게 강호를 들썩이게 할 거라 예상치 못하였었지."

　"나도 이렇게 다시 중원에 발을 들여놓을 줄은 그 당시에는 몰랐소."

　장권호의 말에 강규가 눈을 반짝이며 물었다.

　"자네가 장백파로 돌아갔을 때 모두 중원에는 다시 안 올 거라 했었네. 나도 그 말을 믿었었지. 그런데 왜 다시 중원에 나온 것인가? 설마 정말 무적명을 이기기 위해 온 것인가?"

　강규의 물음에 장권호는 잠시 생각하는 표정으로 보이다 고개를 끄덕였다.

　"그렇소이다. 이길 수 있다는 확신이 들었기에 나온 것이오. 설령 진다 해도 후회하지는 않을 것 같소."

　잠시 입을 닫은 장권호는 곧 다시 말했다.

　"거기다 중원에는 가지고 가야 할 짐이 남아 있었소이다."

"그 짐은 무엇인가?"

흥미로운 표정으로 강규가 묻자 장권호가 대답했다.

"죽은 장백파의 사람들이 남겨 둔 짐이오."

"음……."

강규는 장권호의 말에 굳은 표정을 보였다. 장권호가 다시 말했다.

"장백파의 짐들 중에 강 형의 짐도 있다고 들었소이다."

"그건 무슨 말인가?"

"장백파의 멸문에 연관되어 있지 않소이까?"

장권호의 물음에 강규는 가볍게 미소만 보였다. 곧 강규가 수염을 쓰다듬으며 여유 있는 표정으로 대답했다.

"나는 잘 모르는 일이네. 더욱이 요 몇 년간 강호에 나온 적도 없었네."

강규의 말에 장권호는 살짝 미간을 찌푸렸다. 그가 진실을 말하는지 아니면 거짓을 말하는지 구별할 수 없었기 때문이다. 강규가 다시 말했다.

"더욱이 나는 변방의 작은 문파의 일까지 관심을 가질 정도로 여유 있는 사람도 아니네."

그의 말에 장권호는 굳이 대답하지 않았다. 그가 설령 장백파를 공격했던 사람이 아니라도 상관이 없었기 때문이다. 그리고 공격에 가담한 장본인이라면 더더욱 이 비무는 이겨야 했다.

"자네를 이기면 나 또한 천주하고 다시 한 번 싸워 볼 생각이네. 누가 더 고수인지 겨룰 예정이지. 나는 지난 몇 년간 오직 천주를 이기기 위해 고민하고 수련을 하였네. 오늘 자네와 겨루는 진정한 이유도 거기에 있네."

"그럴 기회는 없을 것이오."

장권호의 대답에 강규는 조금 화난 표정으로 인상을 굳혔다. 하지만 그것도 잠시뿐이었다. 강규는 곧 미소를 보였다.

"자네와의 비무는 천주와 싸우기 위한 준비라고 해 두지."

강규의 말에 장권호는 그가 그동안 꽤 열심히 수련했다는 생각이 들었다. 천주인 유영천을 이기기 위해 많은 무공을 공부했을 것이다.

"당신도 무적명이 목표인 모양이오?"

장권호의 물음에 강규는 미미하게 고개를 끄덕였고 그의 눈은 차갑게 반짝이기 시작했다.

"물론이네. 당대 최고의 고수는 자네나 천주가 아니라 바로 나 강규라네. 내가 만약 천주를 이기게 된다면 전 강호가 무적명이 아닌 내 이름을 기억할 것이고 내 이름이 무적명을 대신해 만 리를 가겠지. 어떤가? 생각만 해도 기분 좋은 일이 아니겠는가?"

강규의 말에 장권호는 그가 적은 나이도 아닌데 여전히 가슴은 뜨겁고 큰 야망을 가진 인물이라 생각했다.

장권호는 곧 내력을 끌어모으며 말했다.

"기다리는 것도 지루한데 할 말을 다 했다면 이제 그만 시작합시다."

"자네는 이제 더 이상 할 말이 없는 건가?"

강규의 물음에 장권호는 가볍게 왼손을 들어 보이며 대답했다.

"이 손으로 말하겠소."

그의 말에 강규는 눈을 반짝이며 내력을 일으켰다. 그러자 그의 손이 살짝 붉은 빛을 띠기 시작했다. 그것은 그의 독문무공인 적양신공을 일으켰을 때의 모습이기도 했다. 강규는 한쪽 입술을 말아 올리며 살기를 보였다.

"즐겁군."

핏!

강규의 신형이 찰나의 순간 흔들리듯 사라졌다. 그 순간 어느새 가슴 앞까지 날아든 강규의 우장이 보였고 눈을 부릅뜬 장권호가 왼 주먹을 앞으로 뻗었다.

쾅!

주먹과 장심이 마주쳤다. 강한 내력을 갈무리한 두 사람의 손이 마주쳤기에 폭음과 함께 주변으로 강한 바람이 원형으로 퍼져 나갔으며 땅에 떨어져 있던 대나무 잎들이 사방으로 휘날렸다.

상체를 반쯤 숙이고 우장을 내민 강규의 손바닥 중앙에는 장권호의 주먹이 박혀 있었으며 둘 다 어금니를 깨물고 있었다. 미미하게 상체를 떨던 두 사람은 뒤로 한 걸음씩 물러났다. 한 번의 마주침으로 강한 충격을 느낀 두 사람이었기에 잠시 물러선 것이다.

"흠……."

"휘우……."

침음을 삼키는 강규와 길게 호흡하는 장권호의 표정은 굳어 있었다. 둘 다 무시할 수 없는 내력을 가지고 있다는 것을 확인하는 순간이었다.

'어린놈이 대단하군…….'

강규는 자신보다 절반의 인생도 못 산 장권호의 내력이 예상보다 높다는 것에 놀라고 있었다. 하지만 표정에 그러한 감정을 나타낼 수는 없었다.

손바닥과 주먹이 만났지만 누가 더 이득을 봤다고 결정할 수 없는 상황이었다. 둘 다 손목이 아픈 듯 왼손으로 오른손목을 주무르고 있었다.

'시간이 좀 걸리겠군.'

장권호는 살짝 미간을 찌푸리며 생각했다. 강규는 분명 접근해 올 것이고 접근전이 승부를 결정하는 일이라고 생각했다. 강규만큼 장권호도 접근전이 좋았고 자신이 있었다. 그 생각에 먼저 움직인 것은 장권호였다.

팍! 소리와 함께 옷자락이 휘날렸으며 그의 갈색 그림자가 빠르게 앞으로 나섰다. 그러자 십여 개의 권(拳) 그림자가 폭풍처럼 강규의 얼굴로 날아들었다. 안면만을 노린 주먹이었고 그 위력은 스치기만 해도 머리가 터져 나갈 정도로 강렬해 보였다.

강규는 장권호의 초쾌권이 빠르게 날아들자 이미 그 모습을 한 번 보았기에 크게 당황하지는 않았다. 장권호에게 빠른 권법이 있다는 것을 예상하고 있었기 때문이다. 단지 남궁호성에게 펼칠 때는 몸 전체를 공격했지만 지금은 얼굴만을 노리고 있는 점이 달랐을 뿐이다.

파팟!

눈앞에서 환영처럼 번져 나가는 권 그림자의 모습은 확실히 매서웠다. 무엇보다 접근하며 펼친 권이었기에 피하기는 어려워 보였다. 하지만 냉정한 표정의 강규는 재빨리 주저앉으며 장권호의 무릎을 우장으로 때렸다.

"……!"

장권호는 본능적으로 반응하고 대응하는 강규의 모습에 눈을 반짝였다. 무엇보다 강규가 뒤나 좌우로 피한 것이 아니라 아래로 공격해 오는 것이 대단해 보였다. 일반적인 고수라도 쉽게 할 수 있는 행동이 아니었기 때문이다.

하체를 노렸기 때문에 당연히 앞으로 나가던 장권호의 눈에 강규의 등이 보였고 장권호는 번개처럼 반보 좌측으로 회전하며 강규의 허리를 왼 팔꿈치로 찍었다.

강규는 장권호의 다리가 눈앞에서 사라지고 옆구리로 날

아드는 날카로운 소성에 일어나며 좌장을 뻗었다.

팍!

팔꿈치와 좌장이 부딪쳤고 둘의 표정이 굳어졌다. 그 순간 장권호가 기다렸다는 듯이 우장을 뻗어 강규의 옆얼굴을 가격하려 했다.

손이 앞으로 나가는 그림자가 강규의 눈에 보이는 찰나 강규의 신형이 흔들렸다. 픽! 하는 바람 소리와 함께 장권호의 우장이 허공을 갈랐고 한 보 물러섰던 강규가 번개처럼 앞으로 나오며 삼장을 연달아 장권호의 명치와 복부로 뻗었다.

파파팟!

붉은 세 개의 장영이 복부로 날아들자 장권호는 발 빠르게 우측으로 움직였다. 그 순간 장권호의 귓속으로 쉬악! 하는 미세한 소성이 들렸다. 그제야 강규의 장영 너머로 그의 왼 어깨가 미세하게 흔들린 것을 볼 수 있었다.

"……!"

그때 붉은 광채가 우측 눈동자에 어렸다. 장권호의 신형이 본능적으로 흔들렸다.

쾅!

휘리리릭!

폭음과 함께 장권호의 신형이 옆으로 회전하며 뒤로 이 장이나 물러섰다. 땅에 두 발을 닿으며 한 바퀴 돌아 충격을 완화시키는 순간 강규가 기다렸다는 듯이 그 틈을 노린 듯 접근했다.

"생각보다 주먹이 가볍구나."

쉭!

강규의 우수가 마치 도끼의 날처럼 변하며 어깨를 내리찍었다. 장권호는 왼 팔꿈치를 들어 수도를 막았다.

빡!

강한 타격음과 함께 두 사람의 손그림자가 번개처럼 이어지기 시작했다.

파팟! 빡! 팍!

손과 손이 마주치고 피하는 두 사람은 불과 반보만을 좌우로 움직이며 서로를 공격하고 있었다.

파팟!

작은 바람 소리와 함께 앞으로 뻗은 강규의 우장을 장권호가 막으려 하자 강규의 손이 재빠르게 갈고리처럼 변하더니 장권호의 팔꿈치를 잡아 곡지혈(曲池穴)을 노렸다.

강규의 공격 방법이 갑작스럽게 변화하자 장권호는 오히려 주먹으로 강규의 안면을 찍었다. 번개 같은 그의 권에 강규가 한 발 물러섰다. 하지만 강규는 안색을 굳히며 고개를 돌렸다.

핏!

날카로운 소성과 함께 그의 얼굴을 주먹이 스쳤으며 강규의 안색이 굳어졌다. 볼을 스쳤을 뿐인데도 상당한 고통이 밀려왔기 때문이다.

"이놈!"

강규가 분노한 얼굴로 우장을 앞으로 뻗었고 날아드는 장권호의 주먹과 마주쳤다.

쾅!

강렬한 폭음성과 함께 둘 다 십여 걸음이나 물러섰다.

뒤로 물러선 장권호는 어깨를 떨었고 강규 역시 어금니를 깨물며 다리에 힘을 주었다. 그렇게 해야 좀 전의 충격에서 버틸 수가 있었기 때문이다.

'손이 찢어지는 것 같군.'

강규는 오른손을 쥐었다 폈다 몇 번 반복하더니 입을 열었다.

"가볍다고 한 말은 취소하지."

강규가 인상을 찌푸리며 더욱 강한 살기를 뿌렸다. 장권호는 강규의 말을 흘려들으며 내력을 모았다. 그도 강규와 부딪친 왼팔이 부러지는 느낌을 받을 정도로 강한 충격을 받은 상태였기에 인상을 쓸 수밖에 없었다.

"보기보다 뼈가 단단한 것 같소."

"뼈가 단단하다고?"

강규가 장권호의 말에 미간을 찌푸렸다. 그게 무슨 말인지 잘 이해가 안 되었기 때문이다. 장권호가 눈을 반짝이며 미소를 보였다.

"나이와 어울리지 않게 건강해 보인다는 뜻이오."

"늙었다고 구박하는 건가?"

"칭찬이오."

장권호의 말에 강규는 미소를 보였다. 자신도 칭찬이란 것을 알았기 때문이다. 장권호는 강규가 나이에 어울리지 않게 육체가 단단하다는 것과 체력이 좋다는 것을 알고 말한 것이다. '무천자와 이자는 다르면서도 비슷한 점이 있구나.'

과거 장백산에서 무천자와의 대결을 떠올리며 장권호는 강규를 쳐다보았다. 그때 강규의 오른손이 앞으로 뻗었다.

"먼저 가지."

피핏!

두 개의 붉은 점이 희미한 선과 함께 장권호의 미간으로 날아들었다. 강규가 날린 지풍(指風)이었고 장권호는 신형을 돌려 피한 뒤 밀려오는 거대한 강규의 장영을 향해 주먹을 뻗었다.

쾅!

권장이 난무하는 가운데 두 사람의 모습을 지켜보던 남궁호성은 혀를 내두르며 말했다.

"섬뜩하군요."

남궁호성의 말에 옆에 있던 남궁휘도 미미하게 고개를 끄덕였다. 불과 일 장도 안 되는 거리에서 오가는 그들의 권장들은 하나같이 무서운 위력을 가지고 있었기 때문이다.

저 거리에서 두 사람의 권장을 마주한다면 분명 아찔한 기분이 들 것이다. 보통의 사람이라면 스치기만 해도 정신을 잃을 정도로 강한 내력이 담긴 무공을 펼치고 있었다. 바위조차 단 한 번에 가루로 만들어 버릴 것 같은 무서운 위력을 가진 무공들을 두 사람은 근접한 상태에서 펼치고 있었다.

바위조차 부숴 버릴 위력이 있는 무공으로 둘은 서로의 몸에 직접적인 타격을 주기 위해 붙은 것이다. 그것을 잘 알기에 남궁호성은 등골이 서늘해지는 기분을 느끼고 있었다. 한 번의 실수로 직접적인 타격을 입게 된다면 분명 큰 부상으로 이어질 것이다.

"두렵지만 두 사람은 접근할 수밖에 없어."

남궁휘의 말에 남궁호성은 미미하게 고개를 끄덕였다. 그의 말이 조금은 이해되었기 때문이다.

"단 한 번의 작은 실수를 하게 되더라도 분명 큰 타격을 입을 테니 조심해야지. 무엇보다 몸에 직접적인 타격을 가하는 것이 좀 더 확실한 방법이기도 하지."

"저렇게 오랫동안 붙어 있기도 쉽지 않을 텐데…… 대단하군요."

남궁호성은 장권호와 강규가 근접한 상태로 꽤 긴 시간 동안 싸우고 있자 혀를 내두르며 중얼거렸다. 자신이라면 장권호나 강규의 힘에 물러섰을 것 같았기 때문이다. 남궁휘도 두 사람의 모습에 고개를 끄덕였다.

문득 남궁휘는 생각난 표정으로 물었다.

"삼도천에선 두 사람의 비무를 알고 있나?"

"아마 알고 있지 않겠습니까? 그런데 강 선배의 비무라면 분명 어떤 움직임이 있어야 할 텐데 아직 삼도천에선 아무런 움직임이 없습니다."

"모를지도 모르지. 워낙에 비밀을 좋아하는 친구들이 아닌가?"

"네, 그럴지도 모르겠군요."

남궁호성은 남궁휘의 말에 고개를 끄덕였다. 하지만 삼도천에서 강규의 비무를 모를 리 없다고 생각했다. 강규는 삼도천을 움직이는 세 명의 기둥 중 한 명이기 때문이다. 그때 강규의 신형이 흔들리더니 거대한 붉은 섬광과 함께 폭음 소리가 요란하게 울렸다.

쾅! 쾅! 쾅!

폭음과 함께 강력한 폭풍이 밀려들자 남궁휘와 남궁호성이 소매로 얼굴을 가리며 뒤로 십여 장이나 물러섰다. 그제야 안전함을 느낀 두 사람은 소매를 내리며 상의가 다 찢겨 나간 두 사람의 모습을 볼 수 있었다.

굳은 표정으로 서 있는 장권호는 상의가 모두 찢겨져 나가 있는 상태였고 오 장의 거리를 두고 서 있는 강규 역시 같은 모습이었다. 두 사람을 사이에 두고 중앙에는 거대한 움푹 들어간 구덩이가 세 개 파여져 있었다.

장권호는 인상을 찌푸리며 주먹을 쥐었다 폈다를 반복하고 있었다. 강규 역시 굳은 표정으로 양손을 늘어뜨린 체 장권호를 노려보고 있었다.

장권호는 좀 전에 강규가 펼친 연환장을 떠올렸다. 처음보다 두 번째가 더 강했고 두 번째보다 세 번째가 더 강했던 강규의 장법이었다. 장권호는 모르고 있지만 강규의 추혼삼장(追魂三掌)을 이렇게 제대로 받아 낸 사람은 거의 없었다. 그리고 받아 낸다 하여도 무사했던 사람도 거의 없었다. 강규의 기억으로도 자신의 추혼삼장을 이렇게 받아 낸 사람은 손에 꼽을 정도였기에 놀라고 있었다.

무엇보다 놀란 것은 장권호의 손이 금색으로 반짝였다는 것과 자신과 비교해서 절대 뒤지지 않는 내력을 소유했다는 점이었다. 강규는 반짝이는 눈동자로 장권호를 쳐다보며 입을 열었다.

"자네의 장법이 이렇게 매서울 줄은 몰랐네."

"당신의 장법은 더더욱 무섭소."

말을 하는 장권호는 강규의 연환삼장을 피하기보단 정면으로 부딪치는 길을 선택했었다. 그렇게 해야 강규에게 피해를 줄 수 있었기 때문이다.

하지만 강규의 연환삼장을 쉽게 받아 낼 수도 없었기에 파멸장을 펼친 것이다. 그의 손이 은은하게 금색으로 빛난 것은 파멸장을 펼치기 위해 용신공을 운용했기 때문이다.

결과는 나쁘지 않았다. 용신공의 강한 침투경이 강규의 팔을 타고 들어가 내장을 흔들었기 때문이다. 무엇보다 용신공으로 펼친 파멸장은 강규의 호신강기조차 버티지 못하게 하였다.

"쿨럭! 쿨럭!"

강규가 기침을 하며 피를 토하자 장권호의 눈빛이 반짝였다. 강규의 안색이 곧 본래의 모습으로 돌아오자 장권호가 말했다.

"연세도 있으신데 힘들게 무리하지 마시오."

장권호의 도발적인 말에 강규의 안색이 바뀌었다. 천하의 강규에게 나이를 운운하면서 걱정해 주는 사람은 없기 때문이다. 무엇보다 장권호의 말은 강규의 자존심에 상처를 주는 말이었다.

그것을 모를 강규가 아니었기에 화가 나는 감정을 추스르기 위해 노력하였다. 곧 그는 소매로 입술을 훔치며 말했다.

"애송이가 입은 아직 살아 있는 모양이구나."

강규는 말과 함께 오른손을 앞으로 뻗었다. 그러자 붉은 광채가 손안에서 맴돌기 시작했다.

웅! 웅! 웅!

그의 손안에서 진동 소리가 울리더니 작은 구슬 하나가 붉은 광채를 발하며 모습을 드러냈다. 슈아악! 하는 소리와 함께 구슬 주변으로 바람이 불었으며 강규의 이마에 땀방울이 맺혔다.

그 모습에 깜짝 놀라야 정상이었으나 장권호는 변화 없는 표정으로 붉은빛의 작은 구슬을 바라보았다. 이미 예상을 했던 강구의 모습이었기에 크게 놀라지 않은 것이다. 강규 정도의 초고수라면 충분히 강구를 만들 거라 생각했었다. 그리고 이미 유영천의 강구를 본 그였기에 크게 놀라지 않은 것이다.

강규의 표정은 굳어졌고 눈빛은 더없이 싸늘하게 변하였으며 강한 살기가 퍼져 나왔다. 장권호는 어금니를 깨물며 내력을 끌어 올렸다.

푹!

장권호의 두 발이 발목까지 땅을 파고들어 갔으며 그의 전신으로 강렬한 기운이 회오리치듯 솟구쳤다. 초환공을 펼친 것이다. 그러자 그의 주변으로 은은한 바람이 불었으며 초환공을 운용한 상태에서 용신공의 내력을 끌어 올리자 그의 눈빛이 금색으로 변하였다. 그때 강규의 전신에서 붉은빛이 번쩍였다.

"어디 한번 받아 보거라."

핏!

순간적으로 강규의 신형이 장권호의 눈앞에서 사라졌다. 강구에 집중하던 사이에 발을 움직인 강규였고 그 짧은 찰나의 순간을 놓친 장권호였다.

"……!"

장권호는 매우 놀란 표정으로 눈을 반짝였다. 그때 강규의 신형이 장권호의 반 장 앞에 나타나더니 오른손을 앞으로 뻗었다. 붉은 광채가 바람과 함께 장권호의 하복부로 다가오고 있었다.

장권호의 앞까지 접근한 강규는 그의 복부에 직접 강구를 날릴 심산이었다. 멀리서 던지는 것보다 이렇게 가까이에서 바로 복부에 박아 넣는 것이 몇 배나 더 큰 타격을 주기 때문이다.

아무리 대단한 고수라 해도 이렇게 직접 강구를 맞게 된다면 그 폭발력이나 힘에 죽게 되거나 운이 좋아 살게 된다 하여도 단전이 파괴될 것이다. 강규가 노리는 것은 그것이었다.

장권호 같은 절대고수에겐 멀리서 강구를 던진다 하여도 치명상을 입힐 수는 없었다. 그런 생각이 들었기에 직접적인 타격을 선택한 것이다. 무엇보다 지금의 거리에서 피하기란 거의 불가능에 가까웠다.

장권호는 강구의 우장이 다가오자 피할 생각도 없이 반보 물러서더니 오히려 허리를 숙이고 좌수를 내밀었다. 그의 좌수가 강규의 우장에 닿으려는 찰나 금색으로 번뜩였다.

"신룡강수(神龍剛手)."

쾅!

강렬한 폭음과 금색과 적색 빛이 회오리쳤으며 사방으로 강한 바람이 불었다. 어금니를 깨물던 강규의 신형이 크게 흔들리기 시작했으며 전신의 뼈마디가 부러지는 듯한 고통이 밀려왔다.

"크으윽!"

강규가 신음성과 함께 반탄력을 이기지 못하고 오 장여나 뒤로 밀려 나가자 반보 앞으로 나선 장권호가 금빛 섬광과 함께 앞으로 뻗어 나왔다. 지금이 강규를 몰아칠 수 있는 기회였기 때문에 망설임도 없었다.

"이런!"

강규가 갑작스럽게 앞에 나타난 장권호의 모습에 놀라 쌍장을 내밀었다. 그 쌍장으로 장권호의 일권이 날아들었다.

쾅!

"큭!"

다시 한 번 신음성과 함께 강규의 신형이 반 장 정도 솟구쳤다. 강한 충격 때문에 몸이 절로 솟구친 것이다. 그의 양손은 하늘로 올라간 상태였으며 몸은 무방비 상태였다. 그것을 놓칠 장권호가 아니었다.

파파팟!

바람 소리와 함께 허공중에 수십 개의 권 그림자가 난무(亂舞)하였다. 장권호는 자신의 장기인 초쾌권을 펼친 것이다.

강규는 있는 힘을 다해 양팔을 모으며 전신을 웅크렸다.

퍼퍼퍽!

허공중에 울리는 격타음과 함께 강규의 신형이 공중에 잠시 머물렀고 수십 번의 격타음이 끝나서야 장권호는 뒤로 물러섰다.

"큭!"

바닥에 내려선 강규는 전신이 부서지는 듯한 충격에 비틀거렸다. 양팔을 내린 그의 코에선 피가 흘렀으며 입술도 터진 듯 살짝 부어 있었다. 왼 눈도 찢어져 핏방울이 흘러내리는 그 모습은 참담해 보였다.

"저를 너무 우습게 본 모양입니다."

장권호의 말에 강규가 숨을 몰아쉬며 그를 노려보았다. 평생 살면서 이렇게 맞아 보긴 처음이었기에 굴욕적인 기분을 느껴야 했다.

강렬한 고통이 전신을 조여 왔지만 정신은 여전히 멀쩡했고 오히려 더욱 냉정하게 이성적으로 변하였다.

"꽤나 아프군. 이렇게 아파 보기도 태어나서 처음이다."

입술을 피를 훔친 강규는 왼 눈을 감고 있는 상태였다. 눈을 뜰 수 없을 만큼 크게 다쳤기 때문이다. 장권호가 자세를 풀며 말했다.

"이제 그만하지요. 이 정도면 충분할 것 같습니다."

장권호의 말에 강규가 오른 눈을 반짝였다.

"그 말이 맞군."

"……?"

장권호가 눈을 반짝이자 강규의 신형이 잔상과 함께 사라졌다. 그 순간 강규의 쌍장이 장권호의 복부 앞에 나타났다.

"살수는 없다는 말."

쾅!

"헉!"

붉은빛과 폭음성이 터졌고 먼지와 함께 장권호의 신형이 뒤로 십여 장이나 밀려 나갔다. 강규는 미소를 보이다 미간을 찌푸렸다. 손의 느낌이 분명 살에 닿았지만 뭔가 약했다는 기분이 들었기 때문이다.

"우엑!"

장권호가 허리를 숙이며 검은 피를 한 사발 토하더니 곧 고개를 들어 강규를 노려보았다. 곧 입술 주변을 손으로 닦은 그는 강한 투기와 함께 차가운 목소리로 말했다.

"살수를 원한다면 그리하리다."

쉭!

장권호의 신형이 번개처럼 앞으로 나오더니 강규의 목을 향해 손을 뻗었다.

강규는 어금니를 깨물며 발을 움직였다. 하지만 이미 전신에 입은 타격이 너무 커 그 움직임이 느릴 수밖에 없었고 마지막 힘을 모아 쌍장을 날렸기 때문에 더 이상의 힘도 없었다. 설마하니 장권호가 기습적인 자신의 추혼장을 받고도 일어설 거라 생각지 못하였다.

장권호의 신형이 눈앞에 나타났고 그의 손이 목을 찌르는 듯하더니 이내 좌측으로 움직였다.

"……!"

퍽!

장권호의 손이 번개처럼 강규의 뒤통수를 후려쳤다.

"이…… 놈……."

강규가 전신을 몇 번 떨더니 이내 바닥에 쓰러졌고 장권호는 그런 강규를 잠시 바라보다 다시 한 번 기침과 함께 피를 토했다. 곧 허리를 펴더니 전신을 움직이는 장권호였다.

우드득! 우득!

몸을 가볍게 움직이자 그의 전신에서 뼈마디가 어긋나는 듯한 소리가 울렸다. 장권호는 살짝 미간을 찌푸리며 아픔을 참으며 천기신공을 가볍게 운용하였다. 몇 호흡 정도 운기를 한 장권호는 깊은숨을 내쉬었다.

슥!

남궁호성과 남궁휘가 장권호의 앞에 모습을 보이자 서영아도 소리 없이 나타나 장권호의 뒤에 섰다. 그녀는 상당히 걱정스러운 표정으로 장권호를 바라보다 곧 맑은 눈동자로 남궁 부자를 쳐다보았다.

"강 선배는 내가 데려가겠네."

"조심하십시오. 많이 다쳤습니다."

"알아."

남궁호성이 고개를 끄덕이며 강규를 안아 들고 곧 빠르게 사라졌다.

강철의 무기조차 단번에 파괴하는 장권호의 용신공을 몸으로 받아 낸 강규가 무사할 리가 없었다. 그의 몸은 장권호의 침투경에 만신창이가 된 상태였고 깊은 내상을 입고 있었다. 그런 그가 무리를 해서라도 강구를 펼친 것은 이기기 위함이었다.

장권호도 내상을 입은 상태였고 강규 역시 그 사실을 잘 알고 있었다. 그것을 알고 있었기 때문에 무리를 해서라도 이기려 한 것이다. 하지만 강규도 생각지 못한 것이 장권호의 무공을 제대로 파악하지 못하고 부딪쳐 왔다는 점이었다.

내력은 무천자를 능가할지 모르지만 무공의 운용은 무천자가 강규를 능가한다고 여겼다. 무천자는 장권호와 부딪쳐 이기려는 것과 다르게 어울리려 하였다. 그것이 더욱 무서운 점이었고 그의 무공이 하늘에 닿았다는 증거이기도 했다.

"강규가 무리를 한 모양이군."

남궁휘의 목소리에 장권호는 그의 의도를 파악하려 했다. 지금 상황에서 남궁휘가 공격을 해 오면 고전할 것이 분명했다. 남궁휘는 강규만큼 대단히 뛰어난 무인이었고 무시할 수 없는 인물이었다.

"아니면 자네가 무리를 한 것인가?"

남궁휘의 말에 장권호는 고개를 저었다.

"그저 최선을 다했을 뿐입니다."

장권호의 대답에 남궁휘는 수염을 쓰다듬으며 고개를 끄덕였다. 그의 눈빛에는 투기가 살짝 어른거렸지만 감추려고 하였다. 그것은 무인이라면 누구나 가지고 있는 본능적인 마음이었다.

강한 상대가 있으면 싸우고 싶고 이기고 싶은 마음이었다. 그렇게 자신의 무공을 증명하고 싶은 게 무인의 본능이었다. 아무리 나이를 먹고 강호에서 은퇴한 남궁휘라 하지만 아직까지도 그러한 본능을 억제하지는 못하고 있었다. 아마 평생 가지고 갈 짐이었고 죽은 후에나 사라질 본능일 것이다.

남궁휘가 다시 말했다.

"장백파의 무공은 너무도 두렵군."

남궁휘의 말에 장권호는 손을 저었다.

"과찬이십니다."

"아니…… 아니야. 무천자와 유영천이 왜 그렇게 태극신공(太極神功)과 반선공(反旋功)에 공을 들이고 연마를 했는지 이제는 이해가 가네."

남궁휘의 말에 장권호의 표정이 굳어졌다. 두 사람을 모두 알고 있었기 때문이다. 또한 태극신공과 반선공의 무서움도 잘 알고 있었다.

"장백파의 무서운 내가중수법을 이기려면 전설의 무공들이 아니면 안 될 테니 말이네. 나는 강규가 그토록 쉽게 자네에게 무너질 줄은 몰랐네."

"운이 좋았을 뿐입니다."

"운이라고 하기엔 자네의 무공이 너무 강해."

남궁휘는 중얼거리며 다시 한 번 투기를 보였다. 그러자 서영아가 반보 앞으로 나섰다.

"오라버니는 부상자예요. 그리고 강규와 같은 고수와 싸운 뒤이기 때문에 더 이상의 비무는 무의미하다고 생각돼요."

서영아의 날카로운 목소리에 남궁휘는 수염을 쓰다듬다 미소를 보였다.

"저런 내가 나도 모르게 내 의지를 보인 모양이군. 너무 걱정하지 말게나. 나는 이미 강호에서 은퇴한 몸이니 네 오라버니와는 싸울 일이 없을 거네."

"다행이군요."

서영아가 대답 후 다시 물러섰다. 남궁휘는 든든한 호위무사인 서영아를 잠시 바라보았다.

"서영아라 했던가?"

"네."

"시집을 안 갔다면 내 손자며느리로 삼고 싶군. 아주 마음에 들어. 특히…… 그 강단 있는 눈빛이 말이야. 무공도 고강하니 우리 남궁세가의 여자로서 손색이 없을 그릇이야."

남궁휘의 말에 서영아가 자신도 모르게 놀란 표정으로 얼굴을 붉히다 곧 차가운 목소리로 대답했다.

"저는 이대로가 좋아요. 선배님의 호의는 좋으나 못 들은 것으로 하겠어요."

"저런. 아쉽군, 아쉬워……."

남궁휘는 수염을 다시 한 번 쓰다듬다 곧 장권호를 향해 시선을 던지며 말했다.

"지금은 자네가 젊기 때문에 몸을 혹사시켜도 아무런 문제가 없겠지만 나이가 들면 분명 몸에 이상이 올 것이네. 그러니 적당히 피하면서 싸우게나. 무인에게 가장 소중한 것은 바로 자기 자신이라네."

남궁휘가 조금은 걱정스럽다는 듯 말하자 장권호는 허리를 숙였다.

"좋은 말씀 감사합니다."

"몸이 나을 때까지는 이곳에서 푹 쉬게나."

"감사합니다."

"수고했네."

남궁휘는 미소를 보인 뒤 천천히 신형을 돌렸다. 그가 길을 따라 사라지자 서영아가 재빨리 장권호를 부축했다.

"큭!"

장권호의 입에서 신음성이 흘러나왔으며 그의 다리가 휘청거렸다.

"어지럽군."

"그럴 줄 알았어요."

서영아는 걱정스러운 표정으로 장권호를 부축하고 천천히 걸음을 옮겼다.

이튿날 정오에 눈을 뜬 장권호는 잠시 멍한 시선으로 천정을 바라보았다. 문득 몸을 너무 혹사시킨다는 남궁휘의 말이 떠올랐다.

'그럴지도 모르지…… 허나…… 이제 얼마 남지 않았다.'

장백파의 무공이 완벽한 무공은 아니라는 사실을 장권호도 잘 알고 있었다. 하지만 천하에 완벽한 무공은 존재하지 않는 법이었다. 그것 또한 잘 알고 있는 사실이었다. 그렇기 때문에 장백파의 무공에 자신을 가지고 있었다. 허나 육체적으로 무리가 따르는 것도 사실이었다.

"음……."

상체를 세우던 장권호는 신음성과 함께 침상에 걸터앉았다. 온몸이 뻐근했고 전신이 멍투성이라 움직이기도 힘들었다.

"일어나셨어요?"

문밖에서 서영아의 목소리가 들렸다. 장권호가 일어나는 소리를 들은 듯 그녀는 재빨리 문 앞까지 다가온 것이다.

"그래."

장권호의 대답에 서영아가 문을 열고 들어왔다. 안으로 들어온 그녀의 손에는 죽 그릇이 하나 들려 있었는데 김이 피어나는 것이 만든 지 얼마 안 되어 보였다.

"배고프실 테니 이거라도 드세요."

"고마워."

장권호는 대답과 함께 죽을 천천히 먹었다. 몸을 움직이는 것이 힘들었는지 조금은 부자연스러운 동작으로 죽을 먹는 그 모습에 서영아는 가만히 미소를 보였다. 재미있었기 때문이다.

"왜?"

"그냥 신기해서요. 오라버니가 그 강규를 이겼다는 사실이 아직도 실감이 안 나요. 강규는 지금도 정신을 차리지 못하고 누워 있는 모양이에요."

서영아의 말에 장권호는 선선히 고개를 끄덕였다. 그럴 거라 예상을 하고 있었기에 크게 놀라지는 않았다.

용신공의 파멸장과 신룡강수에 당한 강규였다. 아무리 그가 대단히 뛰어난 호신강기를 가지고 있다 하여도 용신공의 침투경을 견딜 수는 없었을 것이다.

신창의 창도 조각내었고 남궁호성의 자양신공마저 무너뜨린 용신공이었다. 그런 용신공에 강규는 맞선 것이다.

단단한 고목처럼 버티고 서 있었지만 결국 그의 육체는 용신공의 바람을 견디지 못하였다.

"장백파의 무공은 신기한 면이 있어요."

"그래? 어떤 점이 그렇지?"

서영아의 말에 장권호는 호기심이 담긴 눈빛으로 물었다. 서영아는 생각을 정리하며 말했다.

"보기에는 별다른 게 없어 보이는데 그 속에 담긴 힘이 다른 무공에 비해 단단하고 두려울 정도로 무겁잖아요. 그러한 신공을 어떻게 만들었는지 그게 궁금해요."

"천기신공이 대단하다 하지만 무공의 기본은 육체라고 봐야지. 육체의 혹독한 수련을 견디고 이겨 낸 후에야 천기신공의 힘이 발휘된다고 봐야 해."

장권호의 말에 서영아는 아주 당연한 대답에 그저 고개만 끄덕였다. 모든 무공의 기본이 육체와 내공의 혼합된 수련이기 때문이다. 어느 한쪽의 수련에만 치우치면 진정한 고수가 될 수는 없었다.

죽을 다 먹은 장권호가 그릇을 내밀자 서영아가 손에 받아 쥐고는 물었다.

"이제 무이산으로 가시는 건가요?"

"그래야지. 더 이상 지체할 이유도 없으니까."

장권호는 조용히 대답한 후 미소를 보였다. 곧 서영아를 향해 다시 말했다.

"배가 부르니 피곤하구나."

장권호의 말에 서영아가 고개를 끄덕였다.

"나가 볼게요."

서영아가 밖으로 나가자 장권호는 곧 좌정하고 앉자 운기행공을 하기 시작했다. 그도 무리를 한 상태였기 때문에 내상이 있는 상태였다.

　초환공과 용신공을 동시에 운용한 그의 몸은 당연히 무리가 올 수밖에 없었다. 만신창이가 될 정도는 아니지만 그 직전까지 간 것은 틀림없는 사실이다. 그렇기 때문에 운기가 필요했고 지금은 휴식이 절실했다.

　이튿날 오후가 되자 눈을 뜬 장권호는 밖으로 나가자 서영아가 기다렸다는 듯이 다가와 말했다.

　"손님이 와 계세요."

　"손님?"

　장권호의 물음에 서영아가 고개를 끄덕였다. 그런 서영아의 표정은 조금 굳어 있었고 기분이 좋아 보이지는 않았다. 그 모습에 반가운 손님은 아니라는 생각이 들었다.

　"누구지?"

　"익히 아는 사람이에요."

　서영아의 대답에 장권호는 호기심 어린 표정으로 객실로 들어갔다. 그러자 기다렸다는 듯이 눈에 익숙한 여자가 자리에서 일어섰다.

　"오랜만에 뵈어요."

　장권호는 몇 번 본 적 있는 얼굴이 인사를 하자 마주 인사

붉은 손 277

했다.

"저는 천주님을 모시고 있는 유진진이라 해요."

그녀가 다시 한 번 인사하자 장권호는 고개를 끄덕였다. 사실 몇 번 보기는 했지만 이름을 모르고 있었기 때문에 조금 당황하고 있었다. 하지만 장권호는 천주라는 말이 더 귀에 들어오고 있었다.

장권호가 눈을 반짝이며 물었다.

"천주라면 유영천을 말하는 것이오?"

"예."

유진진은 천주의 이름을 함부로 부르는 것에 기분이 살짝 상했지만 크게 연연하지 않은 표정으로 다시 말했다.

"제가 직접 올 필요는 없었지만 그래도 예의가 있기 때문에 오게 되었어요."

"무슨 일로 오신 것이오?"

"천주님께서 전하라 하셨어요."

슥!

유진진은 품에서 서찰을 꺼내 장권호의 앞에 내밀었다. 장권호는 유진진이 내민 서찰을 보자 눈을 반짝이며 손에 쥐었다. 유진진의 시선이 장권호에게서 서영아로 향했다. 여전히 서영아에 대한 감정이 좋지 않은 듯 그녀의 시선에는 차가움이 담겨져 있었다. 아직까지도 응어리진 원한의 감정이 남아 있는 것으로 보였다.

장권호는 서찰을 받아 쥐고 천천히 읽기 시작했다. 그의 뒤에서 서영아가 고개를 내밀어 장권호의 어깨 너머로 보고 있었다. 그런 그녀의 눈에 확연히 들어오는 글이 보였다.

　　"소림사……."

　　서영아가 서찰을 읽다 저도 모르게 눈을 크게 뜨며 중얼거렸다. 장권호의 눈빛도 굳어졌으며 서영아는 매우 놀란 표정으로 유진진을 쳐다보았다. 그녀의 시선에 유진진이 고개를 미미하게 끄덕였다.

　　"소림사라……."

　　서찰을 접으며 장권호가 낮은 목소리로 중얼거리자 유진진이 자리에서 일어섰다.

　　"그럼 소림사에서 기다리고 있겠어요."

　　유진진은 장권호와 서영아를 한 번 둘러본 후 곧 신형을 돌렸다. 장권호는 그녀가 나가자 미간을 굳히며 눈을 반짝였다.

　　"소림사……."

　　장권호는 다시 한 번 더 서찰을 펼쳐 읽기 시작했다.

　　　장권호에게

　　　강호에 나오니 천하가 네 소문으로 가득 차 있더구
　　나. 네 소문을 들을 때마다 네가 자랑스럽다. 무적명

을 찾고 있는 네 모습에 이제는 나도 가만히 있을 수
가 없었다.

무이산에서 너를 만나는 것도 나쁘지는 않겠지만
나는 소림에서 너를 만나는 게 더 낫다고 생각되는구
나, 소림은 누가 뭐라 하더라도 중원의 중심이지 않느
냐? 이곳은 시작의 장소이고 또한 끝이기도 하다.

중원 무림의 중심에서 우리 한번 멋지게 겨루어 보
자.

― 유영천

장권호는 그리 길지 않게 적은 유영천의 서찰을 접은 후
품에 넣었다. 그런 그의 표정은 상당히 밝게 변하였으며 입가
에 미소까지 보이기 시작했다.

"소림이라…… 올해가 가기 전에 갈 수는 있겠지?"

장권호의 물음에 서영아가 고개를 끄덕였다.

"물론이에요."

제8장
그가 원한 것

  숭산 초입에 자리한 작은 초옥의 마당에는 큰 소나무가
한 그루 서 있었고 그 밑에 마루가 놓여 있었다. 마루 위로는
소나무의 그림자가 드리워져 있었으며 유영천이 그곳에 누워
한가롭게 시간을 보내고 있었다.

  유영천은 흘러가는 구름을 눈으로 쳐다보며 콧노래를 흥
얼거리고 있었다. 구름이 흘러가는 모습은 마치 커다란 물속
에서 구름이 헤엄치는 것처럼 보였다. 어떤 구름은 둥근 모양
이었고 또 어떤 구름은 사람처럼 보이기도 했다.

  여러 가지 모양의 구름들을 감상하며 오후의 시간을 보내
던 그는 재미있다는 듯 손을 들어 구름을 잡으려 하였다. 하
지만 손에 구름이 가려져도 잡히지는 않았다. 손은 빈 허공

만을 휘저으며 움켜쥐기를 반복할 뿐이었다.

"명성이란 구름과 같은 건가……."

유영천은 나지막이 중얼거렸다.

초옥의 밖에는 십여 명의 사람들이 걸어오고 있었는데 승려도 있었고 도사도 있었으며 속인들도 있었다. 그들 십여 명은 초옥의 문을 열고 안으로 들어갔다.

유영천은 사람들이 들어오자 마루에서 일어났다.

"천주를 뵈오."

"오랜만이오."

모두들 유영천에게 인사했고 유영천도 그들에게 인사를 한 뒤 마루에 걸터앉았다. 그러자 그의 옆으로 십여 명의 사람들 중 가장 앞에 있던 흰 수염의 노스님이 다가와 앉았다. 그는 소림의 원정 스님으로 방장의 바로 밑 사제였다. 항렬로도 최고의 스님 중 한 명인 그가 유영천의 옆에 앉은 것이다.

원정은 수염을 쓰다듬으며 유영천과 함께 같은 하늘을 올려다보고 있었다. 나머지 사람들은 초옥으로 들어가 자리를 잡고 앉았다. 일부러 두 사람만 남겨 둔 것이다.

"모양이 부처 같군."

원정의 말에 유영천이 하늘을 지그시 바라보며 부처모양의 구름을 찾으려 했다.

"그런 구름은 어디에도 안 보이는데 스님은 보이는 모양입니다?"

"부처의 마음을 가지고 있는 부처가 보이는 것이네."

"부처의 마음이야 스님은 당연히 가지고 있겠지요. 그러니까 그 구름은 어디에 있습니까?"

"전부 다 그렇게 보이는군그래."

원정의 말에 유영천은 그럴 줄 알았다는 듯 미간을 찌푸렸다. 그러자 원정이 미소를 보이며 다시 말했다.

"이야기는 들었네만 장권호와 소림에서 싸운다고 했던가?"

"그렇습니다."

유영천이 고개를 끄덕이자 원정은 수염을 쓰다듬었다. 그의 표정은 무거웠고 도통 무슨 생각을 하고 있는지 알 수 없는 눈빛을 던지고 있었다.

"재미있는 일전이 되겠군."

"저도 기다려집니다."

유영천이 미소를 보이자 원정은 고개를 끄덕였다.

"장백파의 무공을 제대로 견식해 본 적이 없었는데 이번에 견식을 하게 되어 기쁘게 생각하네. 그런데 비무는 어떻게 할 생각인가? 공개적으로 하게 된다면 큰 문제가 생길 터인데 생각은 있는 건가?"

"삼도천에서 꽤나 많은 고수들을 초빙한 모양입니다. 그들을 제외하고는 모두 산문 밖에서 구경을 하겠지요."

원정은 고개를 끄덕였다. 그렇게 하는 게 나았기 때문이다.

일반 사람들까지 비무를 구경하다 말려들면 위험하기 때문이다. 분명 땅이 꺼지고 하늘이 놀라는 비무가 될 게 분명했다. 그런 비무에 구경꾼이 말려들어 죽게 되면 문제가 생길 수밖에 없었다. 구경꾼들에게는 미안한 일이지만 소림사의 문은 굳게 닫힐 것이다.

"자네가 이번 비무로 패한다 해도 우리는 자네를 응원하고 있네. 그 사실을 잊지 말게나."

원정의 말에 유영천이 미소를 보였다.

"무적명은 패한 적이 없습니다."

유영천의 말에 원정은 천천히 고개를 끄덕였다. 그 말은 사실이었고 앞으로도 계속 그렇게 될 것이다. 무적명은 절대 패해서는 안 되는 인물이기 때문이다.

남궁호성은 장권호에게 패했고 그 소문은 이미 강호상에 퍼진 뒤였다. 많은 사람들이 장권호의 다음 행보에 관심을 가질 수밖에 없었고 다음 상대가 누구인지 궁금해했다.

사람들은 구주성주인 녹사랑이 다음 상대가 될지 모른다고 떠들었으며 하늘 위에 숨어 있던 삼도천이 움직인다는 말도 있었다. 또한 강규나 무천자가 그의 상대가 될 거라 떠들었다. 무수히 많은 소문이 강호를 맴돌았고 장권호의 다음을 주목하고 있었다.

스윽!

장권호의 거처로 움직이는 검은 그림자는 마치 야생 고양이처럼 조용했고 움직임이 재빨랐다. 그 그림자는 소리 없이 담장을 넘어 장권호의 거처로 조심스럽게 움직이고 있었다.

슥!

"한 발이라도 더 움직이면 그 머리가 몸과 떨어져 있는 모습을 보게 될 것이다."

소리 없이 나타난 검 한 자루가 검은 그림자의 목을 겨누었고 차갑고 살기에 가득 찬 목소리가 어둠 속에서 속삭였다.

검은 그림자는 등줄기에 식은땀이 흘러내렸으며 자신의 목 앞에 겨누어진 검끝을 바라보다 곧 시선을 들어 검을 들고 서 있는 그림자를 쳐다보았다.

차가운 목소리는 여자의 목소리였고 익히 들어 온 목소리였기에 검은 그림자는 입가에 미소를 걸었다.

"저기…… 서 소저, 그만 치우시오. 나요, 나."

"이 냄새…… 네 녀석이군."

서영아는 코를 막으며 뒤로 물러섰다. 그녀는 상대방이 개방의 소정명이란 사실을 알자 재빨리 물러선 것이다.

"하하! 이렇게 다시 뵙게 되어 반갑소이다."

소정명이 뒷머리를 긁적이며 인사하자 서영아는 아미만 찌푸린 채 대답하지 않았다. 그녀는 살기 어린 눈빛을 여전히 하고 있었으며 금방이라도 소정명을 죽일 듯 내력을 운용하고 있었다.

"불경한 마음으로 침입한 것이라면 죽여 버리겠어."

서영아의 말에 소정명은 양손을 흔들며 고개를 저었다.

"아니요. 절대 그런 생각으로 온 게 아니라오."

"그럼 왜 불쑥 나타났는데?"

"남궁세가의 무사 놈들이 절대로 문을 안 열어 주니 어쩌 겠소? 이렇게라도 들어와야지. 이놈들이 감히 나를 알아보지 도 못하고 거지라고 구박하는 게 아니오? 손 좀 봐 주고 싶 었지만 남궁세가의 분위기도 그렇게 괜히 건드렸다가 사고라 도 날까 봐 참은 것이오."

서영아가 소정명의 말에 아미를 찌푸리다 곧 신형을 돌렸 다.

"여기까지 들어온 것을 보니 볼일이 있어서 왔겠지? 삼 장 뒤에서 걸어, 냄새나니까."

"하하!"

소정명은 차가운 서영아의 모습에 얼굴을 살짝 붉혔다. 그 녀의 차가운 모습도 왠지 매력적으로 보였기 때문이다.

"좋구나."

소정명이 중얼거리며 서영아의 뒤에 따라 붙었다.

방 안에 들어오자 밝은 불빛 아래에 앉아 있는 장권호가 있었고 서영아가 그의 뒤에 서 있었다. 소정명은 장권호의 앞에 앉으며 차를 한 잔 마셨다.

"밤늦게 죄송하오."

"아니네. 할 말이 있어서 온 것 같으니 어서 말하게나."

"요즘 소림사에 명성 높은 고수들이 가고 있다 하오. 혹시
나 다음 비무와 연관이 있는 게 아닌가 하고 궁금함을 참지
못하고 넘어온 것이라오."

"개방에서 물어보라 시킨 거겠지."

서영아가 소정명의 말에 중얼거리자 소정명은 부정하지 못
한 표정으로 고개를 끄덕였다.

"사실…… 그렇소이다. 하하하!"

어색한 웃음을 터트리는 그였다.

"몸이 나으면 바로 소림사로 갈 예정이네."

"그럼 정말 소림사로 가는 것이오? 다음 상대는 소림사의
승려인 모양이오?"

소정명이 눈을 붉히며 말하자 장권호는 고개를 저었다.

"소림에서 삼도천의 천주와 만나기로 했지. 이 정도면 되었
나?"

"……!"

소정명의 눈동자가 커졌다. 매우 놀란 표정으로 잠시 장권
호를 쳐다보던 소정명은 곧 찻주전자를 들어 벌컥! 하며 급
하게 마셨다.

"푸하!"

주전자의 찻물을 거의 다 마신 소정명은 가쁜 숨을 몰아 쉰 뒤 마음을 진정시킨 후 장권호에게 시선을 던졌다.

"결전이로군, 결전이야…… 이렇게 큰 화제는 또 없을 것이오."

"꽤 재미있는 모양이군."

"물론이오. 매우 재미있소."

소정명은 고개를 끄덕인 뒤 급하게 자리에서 일어섰다.

"급히 총타로 돌아가야겠소이다. 이만 가보겠소."

파팟!

소정명이 급한 마음에 창문으로 뛰어나갔다. 그런 뒤 곧 담장을 넘자 갑자기 여기저기서 고함 소리가 울렸다.

"적이다!"

"적이 나타났다!"

삐이익! 삐익!

고함 소리와 휘파람 소리가 울렸고 수많은 무사들의 발걸음 소리가 남궁세가의 전역에 퍼져 나갔다.

"저런…… 쯧! 조심하지."

서영아가 소정명의 행동에 혀를 차며 고개를 저었다.

"강호에 소문이라도 낼 모양인가 보네요."

서영아의 말에 장권호는 그럴지도 모른다는 생각이 들었다. 그래도 상관없기 때문에 크게 개의치는 않았다.

하지만 삼도천의 천주와 비무를 하는 것인데 삼도천에서

가만히 있을까? 그렇지는 않을 것 같았다. 그 중요성을 알기에 소정명도 총타로 간다고 한 게 분명했다.

"그럴지도 모르지."

장권호는 그저 미소만 보였다.

한 달 동안 더 남궁세가에서 안정을 취하던 장권호는 세가의 사람들과 인사를 나눈 뒤 숭산으로 출발하였다. 남궁세가에서 말을 내주었지만 장권호는 천천히 유람이라도 하면서 숭산에 가고자 하였기에 거절하였다. 어차피 시간은 있었고 기다리는 유영천도 언제까지 오라고 약속을 정한 게 아니었기에 느긋하게 갈 생각이었다.

무엇보다 아직 몸이 완전하게 나은 것도 아니었기에 급하게 갈 생각은 없었다. 서영아는 장권호의 뜻에 무조건 따랐기 때문에 별말 없이 장권호의 뒤를 따라갔다.

장권호가 다시 보름 만에 장강을 넘어갈 때 숭산에는 꽤 많은 고수들이 모여든 상태였다. 그리고 유영천은 초옥에서 소림사로 거처를 옮겨야 했다. 번잡하고 시끄러운 초옥에 있으면 집중을 할 수가 없기 때문이다. 그는 중요한 일전을 눈앞에 둔 사람이었다.

숭산의 소실봉 우측으로 작은 계곡을 지나 물가에 자리한 초옥은 조용했고 물소리만이 그 조용함을 깨우는 장소였다.

그곳에 자리를 잡고 있는 사람은 유영천이었다. 그런데 유영천의 거처에는 사람의 인기척이 보이지 않았다.

쾅!

폭음이 울리고 숲 속에서 두 사람의 신형이 빠르게 허공중에 솟구쳤다. 한 사람은 유영천이고 다른 한 사람은 날카로운 유엽도를 손에 든 조천천이었다.

"허억! 허억!"

봉두난발의 조천천은 땅에 내려오자 재빨리 자세를 고쳐 잡으며 유영천을 향해 날아들었다. 유영천은 가볍게 바위를 치고 올라 섭선으로 조천천의 도를 때린 뒤 번개처럼 다시 한 번 손목을 때렸다.

"큭!"

앞으로 나오던 조천천은 유영천이 너무도 쉽게 다가와 자신이 펼친 초식을 헤집고 들어오자 놀란 표정으로 물러서야 했다.

무엇보다 힘든 것은 그사이에 손목을 맞았다는 사실이다. 하마터면 도를 떨굴 수도 있었다. 하지만 가까스로 잡았고 견디었다.

유영천은 처음과 달라진 게 없는 모습으로 부드러운 미소까지 보이며 조천천을 바라보고 있었다.

"이만하면 적당히 한 것 같으니 그만하는 게 어떻겠나?"

조천천은 유영천의 말에 안색을 바꾸다 곧 정색한 표정으로 자세를 풀었다. 더 이상 해 봤자 의미가 없었기 때문이다. 백여 초가 지나가는 동안 조천천은 유영천의 옷자락도 스치지 못하였기 때문이다.

"그만두겠소."

슥!

도를 거둔 조천천은 헝클어진 머리카락을 정리하였다.

"많이 좋아졌군그래."

"다 장 형이나 천주님 덕 아니겠소이까? 이렇게 마음 놓고 무공을 펼칠 상대가 없었다면 그렇게 노력하지도 않았을 것이오."

조천천의 말에 유영천은 미소를 보이며 고개를 끄덕였다. 어느새 머리카락을 대충 정리한 조천천이 다시 말했다.

"이만 가보겠소."

"들어가게나."

유영천의 말에 조천천은 가볍게 인사를 한 뒤 천천히 걸음을 옮겼다. 그가 빠져 나가자 얼마 뒤에 유진진이 모습을 보였다. 그녀는 좀 전에 이곳에 왔다가 두 사람의 싸움 소리에 물러나 있나 조천천이 사라지자 나타난 것이다.

안으로 들어가려던 유영천은 유진진이 나타나자 반색한 표정을 보였다. 오랜만에 보는 얼굴이기에 기분이 좋아진 것이다.

"빨리 왔구나."

"예. 서찰만 전하고 바로 달려왔어요."

"잘했다. 들어가자."

유영천의 말에 유진진은 고개를 끄덕이며 안으로 들어갔다.

방 안에 앉은 유영천은 유진진의 앞에 차를 따라 주었다. 유영천이 직접 차를 따라 주자 유진진은 기분 좋은 표정으로 의자에 앉았다.

짙은 차향을 맡자 마음이 차분하게 가라앉는 것 같았다.

"만나 보니 어떠하더냐?"

"여전해 보였어요. 천주님과는 다르게 좀 투박한 느낌은 변함이 없더군요."

"투박하지만 단단하지."

유영천의 말에 유진진은 동의할 수 없다는 표정으로 아미를 찌푸렸다. 단단하다는 말은 인정하고 싶지 않았던 것이다.

"소림으로 온다고 하더냐?"

"네."

유진진의 대답에 유영천은 즐거운 표정으로 의자에 깊숙이 앉았다. 그는 천천히 차를 마시며 창밖으로 숲의 모습을 바라보았다.

"이 무료함도 이제는 끝이구나……."

유영천은 가만히 중얼거렸다.

숭산 초입까지 오는 동안 낙엽이 떨어지고 숲의 색도 붉은 색으로 바뀌게 되었다. 완연한 가을이었고 아침 공기는 쌀쌀하게 변한 상태였다.

이른 새벽의 공기를 마시며 소림사로 향하는 장권호는 상당히 밝은 표정이었고 눈빛은 맑게 반짝이고 있었다. 그 뒤를 따르는 서영아 역시 기분 좋은 표정이었고 밝아 보였다.

소림사의 정문은 아직 열려 있는 상태가 아니었기에 그 앞에 선 장권호는 뒤로 돌아 주변 경치를 둘러보고 있었다. 그 옆에 선 서영아 역시 주변을 둘러보며 눈을 반짝였다.

"중원의 무인들에게 소림은 마음의 고향이자 성지이고 안식처지…… 그런 소림에서 내가 무적명을 이긴다면 나의 복수는 끝이 나겠지. 아니…… 또 다른 복수의 시작일지도 모르겠구나."

장권호의 말에 서영아가 그 말을 이해하고 입을 열었다.

"그럴지도 몰라요. 오라버니가 이긴다면 중원의 무인들은 무적명이란 이름을 가져가기 위해서 장백산으로 오겠지요. 허나 오라버니가 살아 있는 동안은 그 누구도 그 이름을 가져가지는 못할 거라 생각해요."

"아직 내가 이긴 것은 아니다."

장권호가 서영아의 어깨를 다독이며 말하자 서영아가 눈을 반짝였다.

"아니, 분명 이겨요. 절대 오라버니가 지는 일은 없어요."

서영아는 그게 사실이라도 되는 듯 확신에 찬 표정으로 대답했다. 그 말에 장권호는 다시 한 번 미소를 보였다.

곧 산문이 열렸고 밖으로 나오던 스님들과 장권호가 마주쳤다.

"누구시오?"

"장권호라 하오."

"……!"

장권호라는 이름에 그들의 안색은 급변했으며 매우 놀란 표정으로 장권호와 서영아를 바라본 뒤 급하게 안으로 들어갔다. 그리고 얼마 지나지 않아 꽤 많은 사람들이 장권호와 서영아를 반겼다.

그렇게 소림사에 입성하는 두 사람이었다. 중원무림의 중심에 드디어 당도한 것이다.

*   *   *

"장권호가 왔다고?"

유영천이 책을 보다 고개를 들자 유진진이 고개를 끄덕였다.

"네. 아침에 들어왔다고 들었어요. 소림에선 운금향으로 안내를 한 모양이에요. 그 주변에 지금 꽤 많은 사람들이 모여든 상태구요."

"나도 가봐야 하지만 윗사람으로서 먼저 갈 수는 없지. 기다리다 보면 찾아오겠지."

유영천의 말에 유진진은 고개를 끄덕였다.

"오늘 올 테니 미리 차를 준비해 놓는 게 좋겠어."

"네, 그렇게 할게요."

유진진이 대답 후 밖으로 나갔다.

그리고 유영천의 예상처럼 해가 중천에 뜨기도 전에 장권호가 조용히 유영천의 거처로 찾아왔다.

유영천은 장권호가 마당에 나타나자 조용히 밖으로 나갔다. 유영천의 모습을 본 장권호는 눈을 반짝였다. 전과 달라진 게 하나도 없는 그 모습 그대로의 유영천이었기 때문이다. 그리고 그리운 향기가 전해져 왔다.

잠시 둘은 작은 마당에 서서 서로의 얼굴을 바라보았다. 힘껏 끌어안을 수도 있었지만 그러지는 않았다. 서로의 길이 지금은 달랐기 때문이다.

유영천이 먼저 마루에 걸터앉았다.

"앉아."

유영천의 말에 장권호가 그 옆에 앉았고 조심스럽게 다가온 유진진이 그 중앙에 차와 다과를 내려놓았다.

"먼 길 오느라 수고했다."

"빨리 올 수도 있었지만 좀 더 확실하게 족적을 남기고 싶었어."

"그래서 돌아온 것이구나?"

장권호는 고개를 끄덕이며 마루에 벌러덩 누웠다. 그는 곧 하늘을 올려다보며 흘러가는 구름을 쳐다보았다.

"여기까지 오는 동안 꽤 많은 사람들을 보았지. 그리고 싸웠고 이겼어."

"소문을 듣자 하니 쉽게 이긴 것 같더구나."

유영천은 장권호의 모습에 마치 아버지가 아들을 보는 듯한 따뜻한 시선으로 대하며 말했다.

"쉽기는…… 하나도 쉬운 상대는 없었어."

"쉬운 상대가 없었다니 아쉽군…… 팔 한두 개는 부러졌어야 정신을 차리고 돌아갔을 텐데 말이야."

유영천이 웃으며 말한 뒤 마루에 누워 장권호와 함께 하늘을 올려다보았다. 문득 장권호는 어린 소년이 되었고 유영천은 건장한 청년이 되어 있었다. 그렇게 둘은 과거에도 함께 하늘을 보던 때가 있었다.

잠시 그렇게 둘은 같은 과거의 기억을 떠올리며 추억에 빠져들었다. 바람이 불었고 시간이 흘러갔으며 구름도 흘러가고 있었다. 해는 조금씩 옆으로 움직였고 솔잎 하나가 두 사람 사이에 떨어지자 장권호가 먼저 입을 열었다.

"이번에는 전처럼 그렇게 되지는 않을 거야."

"무이산의 일 말이냐?"

장권호가 고개를 끄덕였다. 무이산에서 처음으로 뒤로 물러섰던 기억을 떠올리는 그였고 유영천은 가볍게 미소를 입가에 걸었다.

"나도 그때처럼 쉽게 이길 거라 생각지는 않아. 용신공은 잘 익혔느냐?"

"물론……."

장권호는 순순히 대답했다. 그 대답에 유영천은 눈을 반짝이며 기대에 찬 표정을 보였다.

"용신공을 제대로 구경하려면 나도 정신을 좀 차려야겠다."

유영천의 말에 장권호는 기대해도 좋다는 듯 미소를 보였다. 곧 그는 천천히 다시 말했다.

"무적명이란 이름은 내가 가져가겠어."

"이 녀석."

유영천이 장권호의 말에 그의 어깨를 한 번 툭 치더니 다시 말했다.

"마치 이긴 것처럼 말하는구나. 건방진 놈."

"이길 테니까. 아니, 이길 거야. 사형을 넘어야 내 복수는 끝이 나."

"쉽지는 않을 거다. 이번엔 나도 최선을 다해 볼 테니 말이야."

"그때는 봐준 것처럼 말하는군?"

"당연히 봐준 거다."

유영천의 대답에 장권호는 미간을 찌푸리며 일어나 앉았다.

"봐주지 마."

슥!

유영천이 그 말에 일어나 앉았다. 장권호는 곧 자리에서 일어나 서서 신형을 돌렸다.

"내가 여기 온 이유는 사형을 이겨서 무적명이란 이름을 가져가기 위해서야. 내가 가져가겠어. 그렇게 알아."

"준다고 한 적은 없다."

유영천의 말에 장권호는 미미하게 고개를 끄덕인 뒤 천천히 걸음을 옮겼다.

"삼 일 뒤 대전평에서 보자꾸나."

유영천의 말에 장권호는 가볍게 왼손만 들어 보였다. 그렇게 가볍게 인사를 한 장권호가 멀어지자 유영천은 차를 마신 뒤 미소를 보였다. 한없이 어린아이 같았던 장권호가 오늘은 어른으로 보였기 때문이다.

"향비야."

"예."

유진진이 빠르게 달려와 앞에 서자 유영천이 말했다.

"너는 지금 방장께 달려가 삼 일 뒤 정오에 대전평에서 비무를 한다고 알리거라."

"예, 알겠어요."

유진진은 놀란 표정으로 대답한 뒤 빠르게 움직였다. 그녀가 사라지자 유영천은 방 안으로 들어가 운기행공을 하기 시작했다. 이제부터는 진짜 싸움이 시작되었기 때문에 여유를 가질 수 없었다. 삼 일이란 시간은 서로에게 긴 시간이 될 수도 있지만 짧은 시간이 될 수도 있었다.

유영천과의 비무가 있는 소림사의 공기는 긴장감에 가득차 있었으며 이른 아침부터 부산하게 움직이는 승려들의 일과는 여느 때와 달라진 게 없어 보였다. 단지 공기만이 다를 뿐이었다.

아침을 먹고 가볍게 운기를 하던 장권호는 꽤 많은 사람들의 발소리가 들리자 운기를 멈추고 눈을 떴다. 서영아도 발소리에 문 앞에 서서 들어오는 십여 명의 사람들을 쳐다보았다. 그들은 전에도 본 적이 있는 얼굴들이었고 가슴에는 천(天) 자가 써져 있었다.

"삼도천……"

서영아는 굳은 표정으로 모습을 보인 그들의 얼굴들을 둘러보았다. 모두 간부급으로 한 번씩 본 얼굴들이었다.

그들은 서영아를 보자 살기를 보이기 시작했다. 서영아의 얼굴을 그들도 잘 알고 있었기 때문이다. 그녀의 검에 죽은 동료들을 떠올리자 절로 살기를 보인 것이다.

"그만."

그들의 뒤에서 낮고 묵직한 목소리가 들리더니 곧 그들 사이로 단단한 체구의 노인이 모습을 보였다. 비단화의를 입은 그는 서영아를 본 후 날카로운 안광으로 말했다.

"장권호를 만나기 위해 왔네."

"누구신가요?"

"삼도천의 공천자라 하지."

공천자라 밝힌 그가 미소를 보이며 말하자 서영아는 굳은 표정으로 그를 노려보았다.

"들어오시오."

그때 방 안에서 장권호가 말했고 곧 공천자가 천천히 서영아를 지나 방 안으로 걸어 들어갔다.

서영아는 공천자가 들어간 문 앞에 서서 삼도천의 간부들을 노려보며 검의 손잡이를 쥐고 날카로운 안광을 보였다. 조금이라도 허튼짓을 할 경우 금세 검을 뽑을 기세였고 강한 살기였다.

공천자는 의자에 앉자 장권호를 쳐다보았다. 이렇게 가까이에서 만나기는 처음이었고 독대하는 일도 처음이었기에 조금은 어색한 공기가 흘렀다.

"이렇게 보는 건 처음이군."

"그런 것 같소. 하지만 이야기는 많이 들었소이다."

"그랬나? 의외로군."

공천자는 미소를 보이며 찻잔을 들었다. 찻잔 속에 담긴 뜨거운 찻물을 감싸며 공천자가 다시 말했다.

"내일 천주님과 겨룬다고 들었네."

"그렇소."

장권호의 담담한 대답 소리에 공천자는 고개를 미미하게 끄덕였다. 장권호와 유영천의 대결만큼은 피하고 싶었던 것이 사실이다. 하지만 이미 피할 수 없는 운명의 승부였고 둘은 겨룰 수밖에 없는 사이라고 생각했다. 또한 말릴 수도 없는 현실이었다.

"무적명이란 이름이 그렇게 탐이 나는가?"

"그저 내 소망일 뿐이오."

장권호가 가만히 미소를 보이며 대답하자 공천자는 눈을 반짝였다.

"사실 자네를 죽이고 싶었네. 그리고 죽이려 했지."

공천자의 말에 장권호는 담담한 표정으로 찻잔을 들었다. 어느 정도 알고 있는 일이었기에 크게 놀라지 않은 것이다. 공천자가 다시 말했다.

"변방의 작은 문파에서 나온 무인 한 명 죽인다고 큰 문제될 일은 없기 때문에 크게 생각하지도 않았지."

공천자는 말을 한 후 차를 한 모금 마셨다. 그는 곧 다시 말했다.

"금방 죽을 거라 여겼는데 의외로 잘 살더군…… 그래서 조금 놀라워했지…… 허나 이렇게 크게 다가올 줄은 몰랐었네. 지금도 후회하는 것 중에 하나가 자네를 죽이지 못한 일이네."

당당하게 장권호의 앞에 와서 말을 하는 공천자의 모습에 장권호는 미간을 살짝 찌푸렸다. 자신을 죽이려 했다는 공천자의 말을 듣고 분명 화가 나야 했지만 지금은 그런 감정조차 없었다. 결국 그의 계획은 실패했기 때문이다.

"이유가 궁금하지 않은가? 왜 내가 변방의 작은 문파에서 나온 자네를 죽이려 했는지 말일세?"

"무엇이오?"

"천주님의 발목을 잡을지 모른다고 생각했기 때문이네."

공천자의 말에 장권호는 차를 마셨다. 자신의 생각보다 사소한 이유로 보였기 때문이다.

"자네는 나의 예상을 훨씬 뛰어넘는 고수였지…… 그걸 몰랐던 내가 실수를 한 거고…… 그로 인해 꽤 많은 사람들이 죽었네. 그들에게 미안했지."

공천자가 죽은 사람들에 대해 아쉬운 표정을 보이자 장권호는 눈을 반짝였다.

"장백파의 일도 당신이 계획한 일이오?"

공천자는 장권호의 직접적인 물음에 미소를 보이며 수염을 쓰다듬었다. 그러곤 입을 열었다.

"그건 나도 잘 모르는 일이네. 하지만 장백파가 그리된 것은 분명 사실이고 흉수도 있을 것이네. 허나 그 흉수가 누구인지 안다 해도 그게 정말 사실인지 거짓인지 알 길이 없어…… 모두 자네에게 거짓말을 할 수도 있고 진실을 말할 수도 있네. 모두가 범인이고 흉수일 수 있으나 모두가 아닐 수도 있지. 진실을 보이기도 했겠지만 거짓도 많다네. 자네가 알아서 판단할 문제라고 여기네."

공천자의 말에 장권호는 굳은 표정으로 미미하게 고개를 끄덕였다. 애초에 기대하지도 않았던 대답이기에 실망감은 없었다.

공천자가 차를 한 모금 더 마신 뒤 천천히 다시 말했다.

"자네의 복수는 영원히 이룰 수 없는 뜬구름 잡는 일이지."

장권호가 그 말에 미소를 보이며 고개를 끄덕였다. 공천자의 말은 재미있는 말이었기 때문이다.

"무적명은 내가 가지고 가겠소."

"불가능하네. 자네는 절대 천주님을 이기지 못해."

공천자가 손을 저으며 말하자 장권호가 말했다.

"무적명(無敵名) 만리행(萬里行)…… 무적의 이름은 만 리를 간다……."

가만히 중얼거린 장권호는 눈을 반짝이며 다시 말했다.

"내일 이후 나의 이름은 만 리를 갈 것이오."

"음……."

공천자가 침음을 삼키며 굳은 표정을 보였다. 장권호의 목소리엔 확고한 신념과 자신감이 있었기 때문이다. 그리고 왠지 불안감이 밀려오기 시작했다.

넓은 대전평의 안으로 많은 무인들이 모여들기 시작했다. 그들 중에는 강호에 이름 높은 무인들도 많았으며 소림의 승려들과 무당의 도사들도 있었다. 그 외에도 사대세가의 중요 인사들도 눈에 띄었으며 풍운회의 고수들도 있었다.

"네놈이 왜 여기에 있지?"

조천천은 자신의 옆으로 녹색 피풍의를 휘날리며 모습을 보인 청년을 보자 인상을 찌푸리며 말했다. 그의 말에 녹색 피풍의의 청년이 미소를 보였다.

"나도 소림과 삼도천의 초대를 받았지. 그래서 왔는데 무슨 문제라도 있나?"

녹색 피풍의의 청년은 구주성의 성주 녹사랑이었다. 그가 모습을 보이자 여기저기 작은 소요가 일어났지만 그것은 금세 가라앉았다. 녹사랑의 존재보다 중요한 것이 비무였기 때문이다.

"비무가 끝난 뒤 집에 무사히 갈 수 있을 거라 생각하느냐?"

"무사히 가야지. 네놈 때문에 더 이상 있을 생각도 없으니까. 거기다 그냥 이렇게 단출하게 왔겠나? 알게 모르게 많은 수하들을 거느리고 왔으니 너무 걱정하지 말게나. 자네가 걱정 안 해도 무사히 갈 것 같으니 말일세."

조천천의 말에 녹사랑이 차갑게 대답했다. 녹사랑의 뒤에는 구주성의 고수인 세 명의 간부들이 있었다. 조반옥과 소양양도 모습을 보였고 신마정도 있었다.

"흥!"

조천천이 차가운 표정으로 시선을 돌렸다.

"온다!"

누군가의 목소리가 울려 퍼졌고 대전평의 입구에 백의를 입은 유영천이 모습을 보였다. 유영천은 많은 사람들의 모습에 조금은 놀란 표정을 보였다. 자신의 생각보다 인원이 많았기 때문이다. 그의 옆에는 향비인 유진진이 서서 천천히 걸어오고 있었다.

"반갑소이다."

"오랜만에 뵙소이다."

"천주의 무운을 빌겠소."

많은 사람들이 유영천을 향해 인사를 하였고 그의 승리를 기원하였다. 유영천은 그렇게 사람들의 인사를 받으며 대전평의 중앙에 자리를 잡고 섰다.

"이제 그만 물러가거라."

"예."

유진진은 유영천의 말에 대답 후 절강유가의 사람들 쪽으로 걸음을 옮겼다. 그녀는 유가장주인 유세룡의 옆에 섰다.

"참 많이도 모였군."

낮은 목소리와 함께 대전평에 모습을 보인 사람은 백의의 무천자였다. 그가 모습을 보이자 수많은 사람들이 놀라운 표정으로 무천자를 쳐다보았다. 천하제일의 고수 중 한 명이 모습을 보였기 때문이다.

무천자는 유영천에게 가볍게 미소를 보인 뒤 천천히 걸음을 옮겨 공천자의 곁에 다가갔다. 공천자가 무천자의 모습에 살짝 미간을 찌푸렸다.

"어서 오게. 설마 자네가 올 줄은 몰랐네."

"혹시나 이상한 수를 쓸까 봐 감시하려고 왔지."

"별걱정을 다 하는군."

공천자가 수염을 쓰다듬으며 미소를 보였다.

"오는군."

"장권호다!"

무천자의 말과 장권호라는 이름이 크게 울렸다. 그리고 대전평으로 장권호가 모습을 보였다.

장권호는 대전평에 다다르자 수많은 사람들의 시선이 느껴지자 조금 미묘한 기분이 들었다. 그들 중에는 익히 아는 얼굴들도 있었으며 처음 보는 얼굴들도 있었다. 하지만 분명 현재의 강호를 이끌어 가는 사람들이라 생각했다.

"오랜만이오."

조천천의 말에 장권호는 고개를 끄덕이며 미소를 보였다.

"반갑네."

장권호의 말에 조천천은 가볍게 포권했다. 곧 그는 녹사랑을 비롯한 임아령과 소양양을 둘러보았다. 그리고 신창이라 불렸던 곡필도 보이자 인사를 나누었다. 무당의 청양도장의 모습도 보였고 사대세가의 가주들도 보였다.

그들은 천천히 걸음을 옮기는 장권호에게서 시선을 떼지 않고 있었다. 장권호는 그들의 시선을 받으며 대전평의 중앙에 자리를 잡았다. 그의 앞에는 유영천이 미소를 보이며 서 있었고 둘의 시선이 허공중에 마주쳤다.

먼저 입을 연 것은 유영천이었다.

"이렇게 높은 곳에서 너와 만나게 되어 기쁘구나. 네가 올라오기를 기다리고 있었다."

장권호는 유영천의 말을 듣자 심장이 터질듯 뛰고 있다는 것을 알았다. 어쩌면 이 자리에 서기 위해 그동안 무공을 익힌 게 아닌가 하는 생각이 들 정도로 수많은 감정들이 가슴속을 맴돌고 다녔다.

"후우……"

장권호는 깊은 심호흡을 한 뒤 마음을 진정시켰다. 그는 잠시 고개를 들어 하늘을 보다 눈을 감았다. 그렇게 호흡을 가다듬었고 무수히 많은 추억들과 기억들을 떠올리며 지금의 상황을 이기려 하였다.

곧 눈을 뜬 장권호는 평소의 모습으로 돌아온 상태였고 눈빛 또한 맑게 반짝이기 시작했다.

"이기기 위해 올라왔소."

장권호의 말에 유영천이 좌수를 눈앞에 들었다.

쉭쉭!

바람 소리와 함께 그의 손 안에서 세 개의 아기 주먹만 한 구슬이 피어났다. 한순간에 세 개의 강구를 만들어 낸 것이다. 유영천이 눈을 반짝이며 말했다.

"쉽진 않을 거야. 시작하지."

쉬아악!

세 개의 강구가 곡선을 그리며 장권호를 향해 날아들었다. 그 순간 장권호의 전신이 금색으로 물들었다.

"간다!"

번쩍!

외침과 함께 거대한 금색 광채가 대전평 전체를 감싸 안았다.

콰콰쾅!

종장

오 년 후.

헝클어진 머리카락에 여기저기 찢겨지고 뜯어진 자국이 선명한 남루한 옷차림의 청년은 수염도 덥수룩하게 자라 있는 얼굴이었다. 그의 손에는 투박한 검 한 자루가 들려 있었는데 검집도 없어서 검의 손잡이를 잡고 있는 모습이었다.

그는 느린 걸음으로 눈앞에 보이는 커다란 대문을 향해 걷고 있었다.

대문의 좌우로는 두 명의 무사가 서 있었는데 그들은 남루한 거지 같은 청년이 다가오자 문 앞을 막아섰다.

"누구시오?"

"장권호를 만나기 위해 왔소."

청년의 말에 두 무사가 잠시 서로의 얼굴을 바라보며 어이없다는 듯 청년을 쳐다보았다. 하지만 무례하게 굴지는 않았다.

"어디의 누구인지 먼저 밝혀 주시오. 안에 전하리다."

"남궁세가의 남궁정이라 하오."

"패왕검(覇王劍)!"

두 무사는 매우 놀란 표정으로 남루한 청년을 바라보다 그중 한 명이 급하게 안으로 들어갔다. 눈앞에 보이는 청년이요 근래 강호에서 크게 명성을 떨치고 있는 고수였기 때문이다. 남루한 옷차림에 검 한 자루를 손에 쥐고 다니는 그의 명성은 이곳 장백파에도 알려진 상태였다.

곧 몇 명의 사람들이 달려 나와 남궁정을 안내하였다.

"뭐야? 이거 거지가 따로 없네."

후원으로 들어서던 남궁정은 가까운 곳에 서 있는 친숙한 얼굴을 보자 눈을 크게 떴다. 그녀는 서영아였고 그녀의 모습은 예전이나 지금이나 하나도 변한 게 없어 보였다.

"서 소저."

서영아가 나타나자 안내하던 무사들이 물러났다. 서영아는 남루한 남궁정의 모습에 아미를 찌푸리며 다가왔다.

"소문은 들었어요. 요즘 남다르게 노력하고 있다 하더군요."

"과찬이오."

"어서 가요. 오라버니가 기다리고 있어요."

서영아가 먼저 신형을 돌리자 남궁정이 그녀의 뒤를 따라 걸음을 옮겼다.

작은 냇물을 따라 걷던 남궁정은 나무 그늘 사이에 앉아 있는 익숙한 사람을 발견하자 눈을 반짝였다.

나무 그늘에 앉아 있던 사람은 남궁정을 발견한 듯 자리에서 일어섰다. 그는 조금도 변한 게 없는 장권호였다.

"왔나?"

"왔소."

남궁정은 가볍게 인사하며 장권호의 앞으로 다가왔다. 그때 옆에서 백의에 빼어난 미모를 자랑하는 여인이 모습을 보였다.

"손님이야?"

종미미의 등장에 남궁정은 잠시 넋을 놓고 그녀의 아름다운 모습을 쳐다보았다. 종미미는 아주 자연스럽게 장권호의 뒤로 다가가 그의 허리를 안으며 고개만 살짝 어깨 너머로 내밀고 있었다. 서영아가 그런 종미미의 행동에 재빨리 달려가 장권호의 한쪽 팔을 잡았다.

"지금 비무를 해야 해요. 그러니 귀찮게 하면 안 돼요."

"비무?"

종미미가 투명한 눈동자로 남궁정을 노려보자 남궁정은 저도 모르게 두 발 뒤로 물러섰다.

"누가 왔어?"

또 다른 백색 치마의 미인이 모습을 보이자 남궁정은 다시 한 번 눈을 크게 떴다. 그녀는 가내하였고 그녀 역시 장권호의 옆에 서서 남궁정을 살피고 있었다. 그 시선에 남궁정은 살짝 얼굴을 붉혔다. 마치 옷을 모두 벗고 서 있는 기분이 들었기 때문이다. 익숙지 않은 환경이었고 익숙지 않은 모습에 당황한 것이다.

하지만 애써 굳은 표정을 보이며 말했다.

"무적명의 이름을 가지고 가겠소."

남궁정의 말에 장권호가 고개를 끄덕였다.

"다른 사람은 몰라도 자네는 올 거라 생각했지."

장권호가 미소를 보이며 말하자 남궁정은 눈을 반짝이며 투기를 발산하였다. 하지만 그 투기도 세 명의 미인 앞에 다시 줄어들었다. 세 명의 따가운 시선이 남궁정을 향했기 때문이다. 문득 자신의 모습이 초라해 보였다.

'씻고 올걸……'

머리를 스치는 생각이었다.

"그럼 바로 시작하겠나?"

"아니…… 아니요. 오늘은 인사만 드리려고 온 것이오. 며칠 뒤에 다시 오겠소. 말끔하게 좀 씻고 여행의 피로도 풀고 와야 할 것 같소이다."

"그렇게 하게."

장권호가 흔쾌히 대답하자 남궁정은 곧 신형을 돌렸다.

'장가를 간 이후에 올까?'

문득 남궁정은 장가를 가고 싶다는 생각이 들었다. 이미
자신은 패했다는 것을 본능적으로 느낀 것이다.

〈완결〉

작가 후기

오랜만에 작품 하나를 끝내는 것 같습니다. 긴 시간 여행을 한 기분이고 그 여행의 끝에 다다른 섭섭한 마음입니다.

그래도 또 다른 여행의 시작을 준비할 수 있다는 사실에 다시 설레기 시작합니다. 다음 여행은 이번보다 더 나은 여행이 되고 싶고 더 많은 준비를 하고 싶습니다. 하지만 그 시간이 그리 길지 않아 아쉽기도 합니다.

시간이 많다면 지금보다 훨씬 좋은 여행을 준비해서 갈 수 있을 텐데 늘 그 시간이란 게 마음에 걸립니다.

늘 짧은 시간 동안 길고 긴 여행을 다녀야 하기 때문에 모든 걸 자세히 볼 수 없는 게 서운하기도 합니다.

나름대로 열심히 준비하지만 부족함만 느끼고 있습니다. 이제는 무협적인 여행보다 인간적인 여행을 다니고 싶은 게 솔직한 마음입니다.

　지금까지 많이 부족하고 부족했던 '무적명'을 읽어 주시고 사랑해 주신 많은 독자 분들께 깊은 감사의 말씀을 드립니다.

　그리고 늘 부족한 저를 믿어 주시고 아껴 주시는 오 부장님과 편집진들에게 감사하다는 말을 전하고 싶습니다.
　다음에는 더 멋진 여행에 여러분을 초대하겠습니다.

백준